Martine MENGES-MILHOMIS

L'ombre
de
Porto Farina

Editions **MILHO**

Du même auteur

Le goût des baisers de la mer

Editions Publibook

2011

Les traverses de pleine lune

Editions chapitre.com

2014

« Et l'Afrique, sait-elle un chant sur moi ?
     L'air vibre-t-il jamais d'une couleur que j'ai portée,
     y a-t-il un jeu d'enfant où mon nom ressurgit,
     la pleine lune jette-t-elle sur le gravier de l'allée
     une ombre qui ressemble à la mienne ? »

                                        Karen Blixen

PREMIERE PARTIE

1

AVRIL 1927

Le petit vent iodé, venu de l'est, n'arrivait pas à déchirer le voile de brume qui flottait encore, s'accrochait aux branches des amandiers. Ils brandissaient leurs bras chargés de boutons nacrés comme des offrandes vers le ciel.

D'un regard encore endormi, Fanny suivait ces volutes cotonneuses, assise sur le petit muret devant la maison. Ses pensées vagabondaient, nonchalantes, s'attardaient sur les fumets doucereux du café, ou du thé noir, plus âcres, à peine mentholés, qui s'échappaient du bleu sombre des portes. Les voix des premiers *salam'*, la plainte d'un âne, le chant éraillé d'un coq, soudain planté sur ses ergots, parvenaient, étouffés, du hameau aux maisons, réduites, bien souvent, à deux pièces. Sur leurs murs blanchis à la chaux s'égaraient, par endroits, les petites mains mauves contre le mauvais œil.

Ce printemps tout frais, si léger, aux couleurs irisées, troublait Fanny, accablée par son corps disgracieux et lourd. Elle préférait s'échapper, les yeux mi-clos. Son cœur, chagriné, tentait d'oublier, une fois de plus, le noir de ses nuits rayées de lunes, avec ces ombres sorties du tourbillon des souvenirs. Les plus récents la laissaient en pleine confusion depuis les ripailles de l'anniversaire d'Antoine. Sa mémoire l'éloignait des détails en un vertige sans fin. On l'avait trouvée prostrée dans la pénombre du hangar, où elle avait décrété un évanouissement, malgré les propos de sa sœur, Marianne, que l'on n'écoutait plus depuis son accident à la tête, et qui l'agaçait, toujours collée à elle. Plus personne n'en avait tenu compte tant ils avaient fait la fête, en compagnie de leurs amis.

A quatorze ans, elle affectionnait l'image de l'enfant qu'elle avait été, avant l'abandon de cette famille corse dont elle se rappelait la maison dans la montagne, entourée de châtaigniers, cet été-là, en vacances sur l'île, avec son père.

Fanny avait été bien capricieuse, une fois, à jeter par la fenêtre du séchoir quelques fromages qui sentaient trop fort. Son père, Michel, furieux, l'avait beaucoup grondée. Qu'y pouvait-elle ? Elle avait horreur de l'odeur de tous ces fromages et son père tempêtait sur l'impossible caractère de sa fille ! Un homme, au chapeau noir, avait bien débarqué, à la mort de son père, en promettant de revenir les chercher, mais elle n'avait pas su, à ce moment-là, s'il fallait s'en réjouir ou non. En attendant, c'était bel et bien Antoine qui était devenu le tuteur de ces deux orphelines, par obligation morale, sans papier officiel. Antoine était marié à Cécile depuis quinze ans. Ils n'avaient pas d'enfant. Fanny avait même surpris une conversation qui expliquait peut-être, ce manque : ils étaient petits-cousins germains ! Elle l'avait appris avant que la grand-mère ne meure, l'an passé. Il y avait beaucoup d'affection entre eux, et du respect, oui. C'est tout. Cécile, grande, un peu sèche, avait aussi de l'admiration pour Antoine, mais leur indifférence routinière les empêchait de s'apprécier.

Fanny revoyait ce père, parti depuis deux ans, dans son habit d'officier de police, inaccessible, désormais, sur ce lit d'hôpital. Ses yeux bleus, déjà fermés, avaient été, à la fois, doux et sévères. Sa barbe lui donnait un air de grand patriarche. Quoique, avec neuf enfants, il ne pouvait que l'être ! Il lui avait raconté le départ de tous, les uns après les autres, à cause de la grande guerre. La misère, la promiscuité, les avaient tous décimés de la tuberculose. Même sa mère, épuisée, n'y avait pas échappé. Fanny s'en souvenait très peu, elle n'avait que cinq ans alors, et s'était vite accrochée à son père.

— Fanette !

Fanny sursauta. Cécile l'appelait.

Tu vas prendre froid à rester dehors !

Cécile avait préparé du café au lait, bien chaud et des tranches de pain bédouin appelé *taboun*, cuit dans le four d'argile, la veille, par Hanoune, la femme du gardien.

Antoine sortit du réduit buanderie, en essuyant, vite fait, sur sa serviette de toilette, le restant de son savon à raser. Par sa haute stature, à trente-huit ans, il était impressionnant. Il avala son café, enfila son brassard de cantonnier-chef sur son bras gauche. Les ouvriers l'attendaient déjà, assis à même la terre, dans la cour arrière du douar. La charrette, tirée par le mulet, était chargée des plus gros outils, mais ils marchaient derrière, Antoine en tête, par les chemins bordés de roseaux. Ils devaient entretenir les routes menant au Djebel Nadour qui dominait la lagune de Porto Farina. Ils laissèrent derrière eux tous les petits jardins potagers. Ils s'engagèrent parmi les oliviers, les vergers de figuiers, d'orangers et autres espèces dont la petite plaine regorgeait, naturellement avantagée, depuis des siècles, par un climat méditerranéen doux et surtout bien ensoleillé. Ces jardins fertiles avaient aussi bénéficié de la source du Djebel que les romains avaient su dompter en créant des canalisations et des réservoirs d'eau. Cet ancien refuge de pirates barbaresques avait gardé dans ses pierres, dans ses jardins, toute l'harmonie d'une terre paradisiaque. Quant au lac, plus loin, qui commençait à lancer ses mirages, il offrait une richesse poissonneuse connue dans toute la région.

Antoine avançait, quelques bâtonnets de bois dur à la main, pour baliser les nids de poule et les bas-côtés effondrés, hormis les ornières à égaliser, plus tard. C'était le travail de l'aller. Le retour était celui des comblements. Le maniement de la pioche et de la pelle les liquéfiait de sueur. Ils en avaient l'habitude, et Antoine, en particulier.

C'était un travail dur, le premier. Celui accompli par tous les immigrés depuis la précédente génération, dans ce protectorat tunisien, et aussi, en Algérie. Certains s'en octroyaient le titre de tailleur de pierre, tellement plus noble, mais c'était en réalité, un travail de concasseur de cailloux. Ils étaient venus de tous les états européens, Italie, Allemagne, France, à partir de 1848, après le printemps des révolutions, pour fuir la misère, l'exploitation des ouvriers en ce début d'industrialisation. Puis, d'autres avaient été déportés, trop anarchistes ou révolutionnaires, surtout en Algérie, nouvelle terre conquise qui, tel un eldorado, devait assouvir leurs aspirations à une vie nouvelle. Une terre déjà préparée depuis la conquête militaire, à recevoir tous ces hommes dans des villes moyenâgeuses, plus ou moins fortifiées, des terres, plus ou moins débarrassées de leurs autochtones, même marécageuses, impropres à la culture. Et, toute la méditerranée s'y était jointe : des Espagnols, des Sardes, des Maltais. Le Nord et le Sud s'épousaient oubliant leurs racines, pour en implanter de nouvelles, rassembler un nouveau peuple, créer une nouvelle culture.

L'administration française avait promis le droit du sol ;

aussi se mariaient-ils ou se remariaient-ils en arrivant, après que les plus faibles, les hommes comme les femmes, n'aient pu résister aux épidémies de choléra, de paludisme ou de dysenterie, à l'épreuve des voyages et des nouvelles conditions de vie, après le déchirement de quitter un pays. Ce n'était pas du courage, mais une question de survie.

Antoine pensait à son père, mort, depuis, après avoir participé à l'édification de ces villes plus modernes, les mains toujours dans le ciment. Il venait du piémont italien. Il avait épousé une française qui appartenait à une grande famille de paysans cultivateurs, tous reconvertis à ce qui se présentait dans cette contrée. Elle était divorcée, des enfants décédés, même le plus jeune frère d'Antoine. Son premier mari était reparti en France avec leurs deux enfants. Aussi la famille d'Antoine à laquelle il était fortement attaché, était bien celle de sa mère avec ses nombreuses tantes et cousines. D'ailleurs n'avait-il pas épousé Cécile pour être au plus près de ce qui lui restait ? Surtout après cette horrible guerre dont il portait les séquelles : un œil plus ou moins mal voyant, une santé affaiblie. Mais il en était revenu, s'était accommodé de cette vie simple, avec ses douleurs et ses joies. Son père, comme d'autres, était arrivé à Bône. Tout le monde y avait trouvé sa place, là, ou dans les alentours. Eux, en l'occurrence, s'étaient installés à un peu plus d'une vingtaine de kilomètres, au sud, à Mondovi, au pays des jujubes. Leur commune s'appelait Barral, quartier haut de Mondovi. Il était né italien, mais la loi du 26 juin 1889 l'avait définitivement fait citoyen français. Il avait fréquenté l'école des garçons. Son instruction, plus tard, lui avait permis d'accéder à l'administration ; mais il ne se plaisait pas derrière un bureau. Il aimait trop la nature. La Tunisie avait besoin, elle aussi, d'hommes comme lui, alors, avait-il choisi d'y partir. C'était juste à quelques centaines de kilomètres, pas trop loin du pays de son enfance, et ce poste lui conférait un statut dont il était fier. Et puis, il avait à sa charge, à l'époque, encore sa mère, et le jeune frère de Cécile, Louis.

Ils arrivèrent au Djebel. Ils firent une grande pause sous un olivier. Le soleil était déjà haut. Ils avaient besoin de se restaurer et de boire, surtout, avant d'attaquer le plus dur. Antoine donna ses instructions tranquillement, en français mêlé à de nombreux mots en arabe pour bien se faire comprendre. Les ouvriers le respectaient beaucoup, parce qu'il était bon et juste, malgré sa fermeté. La nature était parfois plus bavarde que les hommes, près de cette montagne où le thym et le romarin foisonnaient, où le gibier furetait dans les buissons de lentisques, à l'odeur balsamique. Le ciel blanchissait, les oiseaux piaillaient, indifférents à la brise marine, aux haies de figuiers de barbarie, encore dépourvues de fruits, plus bas, qui délimitaient les jardins et les abritaient du vent du nord.

Pour Cécile, Fanny et Marianne, le jour de lessive était laborieux. Il leur faisait oublier cette espèce de gêne entre elles, les obligeait à s'exprimer plus légèrement sur l'essentiel des tâches qui occuperaient une bonne partie de cette matinée, propice au lavage. Ensuite, elles auraient à préparer les repas de midi et du soir. Louis, le jeune frère de Cécile, restait au douar pour les travaux d'entretien, il fallait donc le faire manger à midi, les jours où Antoine ne rentrait pas. C'était un homme bien bâti à vingt-trois ans, mais toujours solitaire, souvent silencieux. Peut-être, par les quelques propos qu'il tenait, manquait-il d'une vie plus urbaine, plus en accord avec son âge et ses projets. Porto Farina était un gros village, à quelques kilomètres, qui ne lui offrait qu'une population restreinte à des pêcheurs et des fonctionnaires. Les pêcheurs étaient pour la plupart, des descendants de corsaires et d'esclaves chrétiens.

Les arabes barbaresques, jusqu'à la moitié du dix-neuvième siècle, avaient fait prisonnier un bon nombre de chrétiens. Ils devenaient leurs esclaves et finissaient leurs vies dans les geôles insalubres de ce port. Une des raisons de la conquête de ce territoire avait donc été la détermination de mettre fin à cet abominable trafic humain dans ces bagnes. Aussi, n'était-il pas étonnant de retrouver ce métissage sur des visages, aux cheveux blonds, aux yeux verts ou bleus. Quant aux fonctionnaires actuels, ils avaient hérité des mêmes charges, mais à l'inverse, pour des raisons peut-être plus morales. Et les prisons, comme par le passé, s'étaient installées dans les belles fortifications vétustes de Porto Farina. Cécile et Antoine y avaient bien quelques relations, mais timide et réservé, Louis se complaisait au douar et se mêlait aux arabes sans problème.

Le douar ne devait son appellation qu'à l'arrière de la maison qui présentait une sorte de grande cour carrée entourée de bâtiments bas, servant à la fois de remises et d'habitation pour les gardiens. Sur le devant, la maison ressemblait à toutes les maisons européennes qui donnaient sur la route, avec son petit porche en retrait. Par-delà la route, s'étendait la campagne avec ses vergers. La maison paraissait isolée, mais en fait, elle était accrochée à ce hameau d'habitations toutes blanches, aux toits en terrasses, si rapprochés, que l'on pouvait passer de maison en maison; Ce que faisaient allègrement tous les enfants.

Les jours s'écoulaient, sereins. Leurs amis venaient leur rendre visite lors de grandes occasions ou de fêtes. En particulier, ceux qui, comme Antoine, venus d'Algérie, s'étaient installés à Djebel Abiod, plus au nord-ouest de Bizerte. La route à faire, pour les rejoindre, était longue. Ils prenaient le train à Tindja, arrivaient en gare de Bizerte, attendaient l'un ou l'autre des bacs pour traverser. Le pont transbordeur avait depuis longtemps, plus de quinze ans, été démonté et expédié en France pour l'agrandissement du canal. Malgré l'attente, la traversée était plus rassurante, le bac plus à même de transporter une population de plus en plus nombreuse depuis la guerre. L'automobile faisait son apparition mais n'était accessible qu'à un petit nombre. Beaucoup en rêvait pour les proches années. Alors, la famille Caragnani finissait son périple, depuis le bac, en petite calèche appelée *caricolo*.

Fanny devenait soucieuse, très souvent de mauvaise humeur, et Cécile, intriguée, commençait à l'observer sans en avoir l'air. Elle remarquait que Fanny grossissait, qu'elle mangeait beaucoup, qu'elle avait peine à marcher. Il faut dire que la chaleur, en cette fin du mois de juin, commençait déjà, à mettre tout le monde au ralenti. Cependant, avec l'été, on buvait de l'eau jusqu'à plus soif, mais on mangeait moins, ou de façon plus légère. Fanny, elle, se gavait de tous ces bons fruits juteux.

Au début du mois d'août, la canicule installée, plus brûlante qu'à l'accoutumée, avec ce sirocco qui soufflait sans discontinuer, obligea toute la maisonnée à se lever avant le soleil. Les hommes partaient très vite pour revenir plus vite. Les femmes s'empressaient de faire la cuisine pour mieux apprécier de travailler ensuite aux tâches qui permettaient de toucher l'eau et de s'en rafraîchir. Elles s'appliquaient à laver le linge, sous le préau, derrière, à l'ombre, et s'y attardaient. Marianne, rieuse, n'arrêtait pas de faire des bêtises en aspergeant les deux femmes pour détendre une atmosphère de moins en moins supportable. Et c'est en exagérant ce jeu d'eau qu'elle inonda sa sœur. Fanny, trempée, furieuse, leva les bras pour lui montrer sa colère. Son geste révéla alors, toute la rondeur de son ventre en avant, que Cécile, stupéfaite, découvrit.

Fanny n'eut pas le temps de voir le regard de Cécile, qui, les bras ballants, n'arrivait plus à se concentrer sur quoique ce soit et encore moins à parler. Elle n'avait pas à le faire d'ailleurs. Cette petite querelle, sans paroles, dissipait son doute. Ce soupçon qui l'habitait inconsciemment depuis quelques jours, sans même qu'elle ait pu le déterminer. D'un seul coup, son esprit fut envahi de mille pensées embrouillées. Une seule idée émergeait : celle de parler. Ne pas de crier surtout, même si elle en avait une très forte envie. Mais à qui en parler ? À Antoine ? Ou d'abord à Fanny ? C'était une adolescente ; Leurs rapports n'étaient pas très proches, pas même affectueux.

Cécile traîna son angoisse toute la journée, les jambes en coton. Les hommes rentrèrent harassés. Ils se mirent très vite au repos après le dîner, à l'endroit, où, peut-être, arriverait un peu de fraîcheur, assis devant la porte, face à l'est, face à la mer au loin.

À la nuit noire, malgré les fenêtres entr'ouvertes, l'air, embaumé de jasmin, était à peine respirable, et tout le monde assommé de sommeil. Cécile se leva pour sortir et prendre ce semblant de souffle qui l'aiderait, peut-être, à assimiler l'événement incroyable. Il fallait, absolument, en priorité, trouver le moment propice pour en discuter avec Fanny. Antoine était bien trop fatigué et énervé, en ce moment avec cette chaleur, pour assumer cette chose-là.

Ensuite, se dit-elle, que vais-je apprendre ? Que c'est Antoine ? Non. Que c'est Louis ? Que c'est...qui ? Mais qu'allait-il leur arriver ? Ils avaient déjà tellement de soucis avec ces deux orphelines sur les bras, même si Antoine, brave et conciliant, s'en était fait une raison, pour remplacer l'enfant qu'ils n'avaient pas eu. C'était un vrai malheur qui leur tombait dessus. Exténuée, elle rejoignit leur lit, finit par s'endormir.

A l'aube, le vent se calma. Les hommes s'en allèrent. Après les premières tâches domestiques que Cécile s'empressa de terminer, elle donna à Marianne de quoi s'occuper, le temps d'aller chercher quelques fruits et légumes chez le jardinier habituel, un peu plus bas. Elle ordonna à Fanny de la suivre. A peine éloignées, Cécile lui demanda de s'asseoir à ses côtés, sur un pan de muret. Là, très vite, elle se mit à parler.

— Fanny, j'ai vu ton ventre, hier, quand tu étais mouillée, tu es enceinte.

Fanny, effarée, se mit à rougir et à trembler.

— Fanny, tu dois tout me dire. Depuis quand es-tu dans cet état ? Qui t'a fait ça ? Que s'est-il passé ? Fanny continuait à trembler et finit par répondre :

— Mais personne. Non, je ne suis pas enceinte.

— Mais enfin Fanny ! Ne m'oblige pas à me mettre en colère ! Tu sais bien ce que c'est d'être une femme ! Depuis quand tu n'as plus tes règles ?

— Mes quoi ?

— Fanette, je sais que personne n'a été là pour t'apprendre, mais tu sais très bien ce que je veux dire ! Bon, peu importe! Qui t'a fait ça ? Tu vas me le dire ?

— Mais personne !

Fanny ne dit plus un mot. Cécile crut qu'elle allait la gifler tant elle se trouvait furieuse devant son mutisme.

— Très bien Fanny ! J'en parlerai ce soir même à Antoine. Mais nullement impressionnée, Fanny lui répondit :

— Cela m'est égal !

— Ah ! Eh bien ! C'est ce que nous verrons ! On fera venir le docteur et on saura tout !

Fanny suivit Cécile, mais avait décidé de ne pas se laisser faire. Le repas du soir était plutôt tendu, malgré les quelques anecdotes d'Antoine. Fanny mangeait du bout des lèvres. Elle restait arrogante, guettant l'attaque de Cécile, qui, elle, se contentait d'acquiescer à tout ce que disait Antoine, pas très assurée d'avoir bien entendu ce qu'il racontait. Tout à coup, l'orage, prévisible, après tous ces jours de chaleur, éclata très fort et permit à toute la maisonnée de se coucher plus tôt. Cette nouvelle fraîcheur, le lendemain, fit retomber les tensions. Cécile en conclut calmement que c'était le moment d'avoir enfin une discussion avec Antoine. Sans trop attendre, dès que la soirée leur donna la possibilité d'être seuls à prendre l'air sous le petit auvent, elle entreprit, avec le plus grand courage possible, d'aborder le sujet.

— Antoine, il faut que je te parle de quelque chose de très sérieux.

Il la regarda, intrigué, peu habitué à ce genre de conversation avec sa femme.

— Qu'y-a-t-il ? Tu as l'air inquiet.

— C'est que je ne sais pas par où commencer et... la chose est délicate.

— Mais, voyons, dis toujours !

— Heu...Fanny est enceinte.

— Qu'est-ce que tu dis ? Mais enfin ! Comment est-ce possible ?

Antoine était abasourdi. Cécile en profita pour reprendre

son souffle et continuer. Il fallait qu'elle aille au bout de son récit.

—Je m'en suis aperçue avant hier, à la lessive. Marianne l'avait arrosée et c'est comme ça que j'ai vu son ventre. Mais c'est qu'elle nie tout ! Elle refuse de me dire depuis quand et qui c'est !

Sa voix se brisa. Et, dans un cri désespéré, elle rajouta :
— Mais il n'y a que deux hommes, ici…Toi et mon frère !

Elle éclata en sanglots. Antoine se leva d'un bond. Il se dirigea vers le hangar, là, où, habituellement, Louis terminait sa journée, assis sur un charreton. Il regarda arriver Antoine. Il comprit très vite, à sa démarche, qu'il ne venait pas pour plaisanter. Antoine se planta devant lui.
— Qu'as-tu fait à Fanny ?
— Ce que j'ai fait à Fanny ? Que veux-tu que je lui fasse ?
— Ne me joue pas l'hypocrite ! Tu le sais très bien !
— Mais, bon dieu, je ne comprends rien ! répondit Louis, complètement éberlué.
— Tu lui as fait, qu'elle est enceinte !
— Enceinte ! Et ce serait moi ! Mais... Et qu'est-ce qu'elle raconte ?
— Fanny ne raconte rien, justement. Elle ne parle pas. C'est ta sœur qui suppose. Et elle dit qu'il n'y a que deux hommes, ici ! Alors ?
— Alors, je jure sur tous les miens, que je n'ai jamais touché Fanny !

« Jurer sur les siens » était la formule sacrée pour affirmer la vérité. Antoine voyait bien que Louis était sincère, n'était pas à même d'envisager une chose pareille. Du coup, décontenancé, il ne savait plus que dire. Ses gestes n'étaient plus menaçants, sa voix était retombée, les lèvres encore tremblantes. Il avait horreur de se mettre en colère. Ce n'était ni l'un, ni l'autre, mais alors, peut-être Cécile se trompait-elle ? Il dévisagea Louis, s'arrêta sur son regard comme pour chercher des réponses à toutes les questions qu'il se posait. Louis se retrouvait, les bras ballants, tout aussi gêné. Il y eut un long silence. Ils se quittèrent pour la nuit sans même échanger un mot, horrifiés, respectivement, par mille pensées incontrôlables. Antoine revint vers Cécile.

—Tu dois te tromper. Nous ferons venir le docteur, demain.

Elle comprit que la conversation s'arrêterait là, sur une éventualité qui se résoudrait sans doute, aussi demain. Ils allèrent se coucher, sans mot dire, épuisés par des pensées fortuites.

Avant de quitter la maison, Antoine, discrètement, en embrassant sa femme, lui dit :

— Pas de docteur ! Je dois réfléchir à tout ça. Nous parlerons ce soir.

Chacun s'affaira du mieux qu'il put tout au long de cette journée, interminable, pour Cécile. Fanny ne disait mot, ne mangeait presque rien, se doutait bien que quelque chose se tramait. Le dîner fut sinistre. Marianne roulait ses gros yeux sur tout le monde. Antoine et Cécile avaient hâte de se rejoindre pour parler. Aussi, le dîner expédié, ils se retrouvèrent sous l'auvent. Les autres comprirent que le moment était solennel, et s'en allèrent chacun dans leur repaire.

— J'ai bien réfléchi, commença par dire Antoine. Et il continua d'un trait :

— Toute la journée, j'y ai réfléchi. Cette situation est très grave. Même si, je ne suis pas officiellement le tuteur des filles, je suis reconnu comme tel. Aussi, vois-tu, Cécile, je risque tout simplement la prison ! Oui, la prison ! Pour ne pas avoir su protéger une mineure dont j'ai la responsabilité.

Et comme elle ne parlera pas, nous n'allons pas attendre qu'elle parle ! Nous allons mettre le médecin dans la confidence. Il nous assurera de sa grossesse et nous lui demanderons de se taire sous le couvert du secret professionnel. Je passerai le voir, demain, je lui expliquerai la situation pour qu'il vienne en visite à la maison. Je ne comprends pas qui peut être le père. Ne sortez pas d'ici pour le moment. Et veille à ce que personne ne nous rende visite, à l'exception du médecin, bien sûr ! Si elle attend vraiment un enfant, nous le ferons passer pour le nôtre !

Antoine regarda enfin sa femme, au bout de ce monologue. Elle attendait, bouche arrondie, de pouvoir dire un mot et, à la dernière phrase, elle émit un « oh ! » de surprise.

— Le faire passer pour le nôtre ? Mais pourquoi ?

— Comment pourquoi ? Je viens de te l'expliquer. C'est trop grave autrement !

Tout était dit. Le médecin arriva en fin d'après-midi. Les hommes n'étaient pas encore rentrés. Il dut obliger Fanny à passer la visite, après l'avoir questionnée gentiment. Mais elle refusait, niait tout. Il comprit alors que quelque chose de grave était bien arrivée, qu'elle en était tellement traumatisée, qu'il serait impossible de la faire parler. Il n'insista pas. Il parla à Cécile.

— Elle va accoucher dans deux mois environ. Antoine m'a expliqué la situation, aussi, je vous conseille, à toutes les deux, d'éviter de sortir ou de vous montrer, afin de ne pas éveiller de soupçons. Débrouillez-vous si vous voulez sauver l'honneur de votre mari. Sa grossesse ne présente pas, pour l'instant, de difficultés. Mettez la femme du gardien, je crois qu'elle s'appelle Hanoune, dans le secret. Vous risquez d'en avoir besoin si je ne suis pas là à temps. C'est une femme sur qui vous pouvez compter. Je l'ai déjà vue à l'œuvre, elle a l'habitude ! Sur ce, je m'en vais Cécile, j'ai trop à faire. N'hésitez pas à me faire prévenir de quoi que ce soit, discrètement, bien sûr !

Tout semblait tracé, écrit d'avance ! Cécile était atterrée, mais un sentiment de colère commençait sourdement à pincer son cœur. Les hommes ne tardèrent pas à rentrer. Antoine se dirigea très vite vers sa femme qu'il prit à part :

— Alors ?

— Alors, c'est dans deux mois ! Elle n'a rien dit. Il m'a conseillé de mettre Hanoune dans la confidence, dans le cas où...Je pense aussi que nous pouvons lui faire confiance, mais toute cette histoire ne me va pas, ne me plaît pas du tout ! Rajouta-t-elle avec véhémence.

— Je sais, je sais, Cécile ! Mais que pouvons-nous à présent?

Les tensions étaient retombées, comme la chaleur. Seule, l'inquiétude se devinait sur les visages de chacun, les contraignant au silence, aux actes furtifs. Fanny, agacée, se sentait la proie de tous les regards. Hanoune avait promis le secret. Lorsque Cécile lui avait parlé, elle avait tout bonnement répondu :

— Mektoub !

Ce qui voulait dire : C'était écrit !

Hanoune, coiffée de son grand foulard, savamment plié en triangle, dont les pointes torsadées remontaient sur sa tête et se terminaient par un petit nœud, observait souvent Fanny, de son regard ourlé de khôl. Sa peau brune, fripée par l'âge et le soleil, était tatouée de signes tribaux dus à ses origines bédouines dont l'encre, avec le temps, tournait au violet. Ses pommettes saillantes sentaient le pain chaud et la fleur d'oranger. Son corsage se fermait d'une fibule sertie de corail et d'émaux. Sa taille était enserrée d'une large bande de tissu nouée sur une jupe très colorée. Quand elle parlait, ses bras, toujours en mouvement, chantaient du cliquetis de sa multitude de joncs en argent. Ses mains, peintes au henné, servaient d'intonation à ses paroles. Son mari lui disait à voix basse :

— Arrête de la regarder !

Elle répondait invariablement :

— Elle est comme ma fille ! Attention, elle comprend tout ce que nous disons ! Elle parle l'arabe !

Son mari, alors, haussait les épaules, continuait de siroter son thé, en l'aspirant bruyamment, pendant qu'elle alimentait, d'un morceau de charbon de bois, le feu du *canoun*, sorte de gros bol d'argile découpé, sur lequel la minuscule théière bleue tentait de contenir les feuilles de menthe. Hanoune était soucieuse de la santé de Fanny. Elle ne lui reprochait pas les fruits qu'elle mangeait, le plus souvent, en milieu d'après-midi, à l'abri des regards, car elle n'avalait pas grand-chose aux repas. Après s'être régalée d'abricots, de pêches, elle dégustait les premiers raisins aux reflets dorés en prenant soin de rejeter les pépins et quelquefois, la pelure. Elle adorait, surtout, les amandes fraîches. Elle en décortiquait bien un kilo ! Elle craquait leur coque veloutée de ses belles dents robustes, avant de prendre un malin plaisir à en retirer la robe ambrée qui dénudait enfin le petit corps effilé, à la peau blanche et lisse.

Antoine était allé revoir le médecin, pour se rassurer, mais aussi pour prendre conseil. Celui-ci lui avait recommandé de répandre discrètement la nouvelle si on l'interrogeait. Alors il répondait aux plus curieux que sa femme irait beaucoup mieux quand elle serait délivrée ! Ce qui laissait les gens perplexes mais informés. Antoine était certain que la nouvelle ferait le tour du village.

Septembre les tint tous en haleine. Malgré ses journées raccourcies, douces et clémentes. Les cris des écoliers du mois d'octobre, par-delà les abris de roseaux, les surprirent dans leurs pensées. Antoine était fébrile, imaginant le pire. La fraîcheur se réinstalla à la mi-octobre, et là, une nuit, Hanoune accourut à la demande de Cécile. C'était une fille. Le médecin arriva au petit matin pour constater que tout s'était bien déroulé, que la mère et l'enfant se portaient à merveille. Antoine décida de son prénom, d'origine italienne ; Cécile rajouta celui de Fanny et l'un de ses grand-mères.

Ce bout d'enfant s'appellerait désormais : Gina. Sans plus attendre, Antoine partit la déclarer en mairie. Il commença à parler, à raconter à qui voulait savoir, que, par superstition, étant donné l'âge de sa femme, il n'avait rien voulu annoncer et que cet enfant était comme un miracle pour eux.

2

Antoine avait fait bâtir une petite pièce jouxtant leur chambre. Avec toute cette maisonnée, il fallait bien une extension ! Fanny ne s'occupait guère de l'enfant. Par devoir, elle acceptait de la nourrir, sans effusion, sans tendresse. Cécile, la prenait dans ses bras pour la câliner, mais elle avait toujours en arrière-pensée, ce doute indéfinissable qu'Antoine y était pour quelque faute dans toute cette histoire. Lui, était fou devant cette merveille et se laissait facilement aller à parler d'elle comme de sa fille. Il décida d'aller à Bizerte avec Cécile pour acheter tout ce qui était nécessaire, voire indispensable à cet enfant, avant la venue de l'hiver.

Ils partirent tôt le matin. Le *caricolo* les arrêta devant la file d'attente du bac. Il faisait encore beau mais le vent du nord-ouest n'était pas tendre. Le courant rentrant, dans le canal, déportait légèrement le bac qui fumait plus que jamais, dans ce cas-là, de ses vapeurs noires de mazout. Cécile n'était pas très à l'aise dans sa tenue de ville. Elle n'avait pas l'habitude de la porter. Elle devait prendre garde, en marchant, à sa jupe encore un peu trop longue et à son petit chapeau, sous les coups de vent. Elle n'osait pas suivre la nouvelle mode de la jupe plus raccourcie, et de la tête dénudée.

Les odeurs nauséabondes du bétail, des crottins, de la

sueur sous les burnous, dans le confinement du bac, terminaient son mal être. A leur débarquement, ils laissèrent sur leur droite, l'avenue de la Marne, bordée de palmiers qui longeait la plage de Dar El Askri, pour rejoindre en diagonale le centre de la ville. Ainsi, en s'abritant le long des nouveaux immeubles, depuis ceux des officiers jusqu'à ceux des particuliers, ils étaient à l'abri de ce petit vent automnal, le temps, pour Cécile de se réconcilier avec sa tenue vestimentaire. Ils arrivèrent très vite au square de l'Europe, face à la cathédrale.

Alors que les parterres de cannas se flétrissaient, quelques grenadiers suspendaient leurs fruits couleur rubis pour accueillir Noël. Le nouvel hôtel de ville était en construction. Tout de suite, aux abords du marché, la vie devenait active et bruyante. Le petit kiosque, au dôme oriental tel un cabochon aux éclats émeraude, ne comptait plus ses allées et venues. Des silhouettes encapuchonnées en repartaient, les bras repliés, tenant la poche à tabac d'une main, tandis que l'autre humait la troublante odeur de la drogue douce, appelée *neffa*.

Après le vacarme de la petite place du marché, ils commencèrent leurs achats dans les grands établissements « À la ménagère » et « Orosdi Back ». À la grande pharmacie, ils achetèrent aussi le nouveau lait en poudre que le médecin leur avait recommandé, dans le cas d'une défaillance de la part de Fanny. Antoine exigea que Cécile choisisse une nouvelle tenue de ville et des robes pour Fanny et Marianne. Chaque achat était laissé en dépôt chez le commerçant afin de ne pas s'encombrer. Ils récupéreraient plus tard leurs marchandises en repartant avec la calèche. Malgré les grosses dépenses qu'il venait de faire, Antoine songeait sérieusement à acquérir une automobile. Il regardait leur élégance, leur côté pratique, toutes les fois qu'il en croisait une. Et il était tellement satisfait, qu'il proposa à Cécile d'aller se désaltérer au Grand Café Riche sous les arcades du Grand Hôtel. Il prit une boisson anisée, celle qui remplaçait désormais l'absinthe, pour pouvoir doser l'eau à y ajouter, Cécile préféra une citronnade.

Ils s'installèrent un moment, perdus dans leurs pensées, à regarder les passants, nombreux à cette heure proche de midi. Antoine, d'un signe au garçon, paya et demanda une calèche. Une calèche s'avança pour leur départ, et les mena, après quelques détours pour prendre leurs achats, jusqu'au bac. Antoine négocia un *caricolo* pour la traversée, puis jusqu'à leur maison.

Elles les attendaient avec impatience, surtout Marianne. Fanny restait en permanence sur ses gardes, muette, malgré tous les efforts que faisaient Antoine et Cécile pour lui être agréables, malgré tous les achats étalés devant elle, pour son bébé et pour elle-même.

En fait, Fanny avait bien assimilé l'enseignement de son père : celui du silence, pour l'honneur, et le dédain, en cas de déshonneur. C'était inscrit dans la lignée, dans les gènes des corses.

Leurs amis vinrent les voir au mois de janvier pour les bons vœux rituels. En dépit de leurs compliments sur cette petite fille à la bouille ronde, au regard déjà malicieux, et de l'agréable moment qu'ils passèrent tous ensemble, chaque individu de la maison se sentit pris au piège du mensonge. Ce mensonge était comme un poison injecté au compte-goutte dans leurs pensées au quotidien, et transformait leurs comportements.

Fanny regardait cette enfant avec détachement, observait plus que jamais la moindre manifestation des autres à son égard. Son corps s'était aminci. Elle devenait une jolie femme bien potelée, plus sûre de sa corpulence. Son visage reprenait un ovale agréable animé par ses grands yeux d'un bleu gris qui lançaient les éclats verts d'une colère toujours présente. Marianne, avec ses treize années, arborait un air plus sérieux, et chantait, dès qu'elle le pouvait, des chansons douces à Gina.

Cécile paraissait vieillie, montrait un caractère encore plus renfrogné. Elle était agacée par les débordements d'affection qu'Antoine exprimait envers Gina. Dès qu'il rentrait, il ne vivait que pour elle, s'occupait d'elle comme de son propre enfant, et délaissait sa femme. Aussi, Cécile, jalouse, envieuse de cette tendresse, de ce nouvel attachement, lui cherchait querelle à la moindre occasion.

Quant à Louis, perturbé par cette atmosphère délétère, envisagea de quitter les lieux. Il l'annonça d'abord à Antoine, soucieux de préserver sa sœur. Antoine, presque indifférent à cette annonce, le laissa partir en Algérie, rejoindre une partie de la famille, le temps de trouver un emploi qui le rendrait autonome. Cécile accusa le coup, s'enferma dans une hargne sourde. Elle se sentait étrangère à ces trois représentations féminines qui occupaient de plus en plus sa propre maison. Antoine, pour éluder cette situation ambiguë, entraîna Cécile dans son projet d'achat de voiture. Mais en cette fin de printemps, il avait trop de travail pour s'en préoccuper vraiment.

Les pluies avaient été abondantes comme souvent à cette époque, et il lui fallait remettre bien des routes en état, avant les trop grosses chaleurs. Alors, il partait, heureux de retrouver ses hommes et cette nature, laissant derrière lui des femmes à la limite d'une rébellion, étouffée par ce qui leur restait de dignité. Fanny traînait sur son muret dès l'aurore, ne supportait plus aucun ordre ou le détournait avec arrogance en allant rejoindre Hanoune pour boire le thé et papoter. Elle s'était rapprochée d'elle, reconnaissante de ce qu'elle avait fait. Elle se complaisait à l'accompagner dans les tâches ménagères pour éviter la présence de Cécile. Marianne, tiraillée entre ces deux caractères qui ne la ménageaient pas, s'attachait à ce bébé, lui racontait un peu n'importe quoi, le surveillait sans cesse et le câlinait.

Le printemps, lui, ne tenait compte de rien. Il s'épanouissait dans la moindre fleur, le plus petit jardin. Il distribuait avec générosité ce qu'il avait de plus beau en senteurs et en couleurs. Au travers des roseaux, on contemplait les nouveaux piments, on humait la coriandre, le basilic. La rose et le jasmin sublimaient leurs fragrances entêtantes en fin d'après-midi, à l'heure où Hanoune finissait de cuire son pain parsemé de cumin alors que frémissaient déjà dans l'huile d'olive, l'ail et la tomate du tajine. Tout fleurait bon les beaux jours dans l'espace du ciel que se disputaient à grands cris aigus les hirondelles revenues. C'était aussi l'heure où Antoine rentrait pour surprendre quelques sourires esquissés à son encontre, ou les premiers éclats de Gina exprimant le contentement de revoir l'homme de la maison. Il en profitait pour détendre la morosité de sa femme, devenait très bavard au repas, feintait une bonne humeur pour effacer la mauvaise. Il ne savait plus très bien comment lui parler pour qu'elle sorte de son isolement et de sa torture, quand ils se retrouvaient face à face le soir. Il invoquait alors une grosse fatigue, pourtant réelle, pour éviter une trop grande compassion. Quand, au plus fort de l'été, le sirocco envahit la maison de son souffle brûlant, l'exaspération fut à son comble. Antoine rentrait épuisé. Il n'avait plus envie de faire un effort quelconque pour calmer les tensions entre les deux sœurs et Cécile. La petite Gina pleurait souvent, agacée par la chaleur. Seuls, les bercements de Hanoune finissaient par l'endormir afin que chacun puisse se reposer.

Septembre ramena un peu de douceur. Gina allait avoir un an. Antoine prit quelques libertés dans son travail et entreprit de mener à bien son achat d'automobile. Il finit par en trouver une, à son prix, après une première main. Ce fut le grand cadeau de Noël à l'approche de cette fête. Aussi décida-t-il d'emmener tout son petit monde à la messe de minuit, à Porto Farina. Gina était encore trop jeune pour supporter la froidure nocturne de l'hiver. Ils la confièrent au mari de Hanoune, Ali. De son seul œil valide, il exprima une vive fierté à surveiller sa chambre, le temps d'une heure, et promit d'appeler sa femme, au moindre pleur. Les trois femmes, elles, furent ébahies de découvrir leurs chemins quotidiens éclairés par les phares de l'automobile, bien au chaud sur les banquettes. La petite église leur parut plus belle encore, plus accueillante, avec toutes ses ouailles endimanchées. Leur retour fut tout aussi magique. Ils s'empressèrent de dîner sobrement d'une soupe à l'oignon, de fruits secs, de vin sucré accompagné de biscuits, satisfaits de leur sortie. Leur contentement, le repas de Noël, la joie de l'enfant devant ses premières peluches, le lendemain, ne délièrent pas pour autant leurs langues. Leur malaise était le même.

Un matin, une lettre inattendue arriva. La jeune sœur de Cécile, Anna, qui s'était mariée au mois de juillet, l'année précédente, sans tambour ni trompette, à Bizerte, annonçait son installation à Tunis. Son mari était tirailleur. Antoine et Cécile les invitèrent donc à leur rendre visite pour mieux le connaître. Leur venue mit la maison en effervescence. Cécile concocta un repas succulent, et profita de l'absence des hommes occupés dehors, pour se confier à sa sœur sans pour autant lui dévoiler le secret de la naissance de Gina. Elle se plaignit beaucoup de la présence de ces deux orphelines qui occupaient trop de place dans sa maison, mais aussi, dans son couple. Anna lui promit de se préoccuper de marier Fanny et ainsi, la plus jeune suivrait.

Ces arrangements n'étaient pas aussi simples, et les quelques aller-retours que Cécile et Antoine s'obligèrent à faire sur Tunis, ne suffirent pas à calmer les mauvaises pensées de Cécile. Elle devint de plus en plus désagréable. Elle cherchait querelle au moindre problème. Antoine finit par être las de sa mauvaise humeur au point qu'il se désintéressa complètement de sa femme. Une relation maussade, dépourvue de tendresse, s'installa entre eux, définitivement. Ils apprirent le mariage de Louis, au mois de février, tout juste un an après son départ en Algérie. Il s'était marié à une femme d'origine arabe par son père, une union mixte assez rare. Cécile fut prise de mélancolie en pensant que son frère, comme sa sœur, allaient vers un avenir meilleur alors que son bonheur s'effritait tous les jours un peu plus.

Ce printemps de 1929 était pourtant là, sans lui procurer la joie naturelle du renouveau. Alors, subitement, elle pressa Antoine de l'accompagner chez sa sœur pour y séjourner quelques temps avant la chaleur de l'été, plus exaspérante encore dans la ville de Tunis. Mais, au bout de quelques jours, sans que son mari n'en comprenne le sens, influencée sans doute par sa sœur, brusquement, elle demanda le divorce. Antoine en fut profondément choqué. Il se replia sur sa vie, laissa aller les choses, en pensant que sa femme était sûrement en plein caprice ou délire d'indépendance. Sa vie à lui continuait avec son bonheur d'être à la campagne, celui de voir grandir la petite Gina. Quant aux deux orphelines, il les trouvait plutôt enjouées et travailleuses, à présent débarrassées d'une Cécile assez ennuyeuse.

Cependant, en lisant un peu mieux les journaux, le soir, Antoine se rendait compte chaque jour, qu'il était bien à l'abri des tumultes, dans son paradis de petits jardins, suffisamment arrosés et fructueux. La Tunisie grondait et couvait plusieurs colères !

À la veille du cinquantenaire du Protectorat, la disette et la misère du peuple, dans le centre comme dans le sud, n'étaient pas dues seulement à la sécheresse. La mévente des vins, des céréales, de l'huile d'olive et du phosphate, principales richesses de la Tunisie, souffrait d'une limitation à l'exportation. La raison de ce ficelage était liée aux accords parlementaires noués entre la colonisation française et l'italienne. En effet, les italiens, sous la poussée fasciste du parti de Mussolini, fort de sa récente possession de la Tripolitaine, pensaient pouvoir étendre leurs colonies pour dominer la Méditerranée.

La position de Bizerte, comme de toute sa région, jusqu'au Cap Bon, était fort intéressante pour ces prédateurs. La France veillait tout de même, et, depuis quelques années, ménageait, par moult tractations diplomatiques, obscures ou légales, les Italiens, à peine minoritaires, gros exploitants viticoles, et les grands agriculteurs français, céréaliers des grandes plaines de la Medjerda, de Medjez El Bab à Béja. La petite paysannerie tunisienne, quant à elle, menacée d'expropriation, de ruine et de famine n'avait plus qu'à se tourner vers le parti destourien même si elle n'était pas particulièrement militante, pour se faire entendre auprès du

Bey et de la Résidence Générale française. Dans ce désarroi, la population atteinte par le coût élevé de la vie, résultat immédiat de ces nouvelles donnes, subissait le chômage et la faim. Aussi tous les ouvriers, Tunisiens, Italiens, Français, aidés de la CGTT, créée en 1924, dans une première alerte, commencèrent à fomenter grèves et rébellions.

Antoine, qui faisait partie de ces fonctionnaires supposés budgétivores, commença, dans cette conjoncture, à s'inquiéter de son sort, à penser qu'il devrait raisonner sa femme, l'empêcher de songer à ce divorce qui leur coûterait cher et qu'ils feraient mieux, tous les deux, de resserrer la famille. Cécile ne l'entendait pas ainsi. Elle trouvait leur situation intime des plus grotesques et s'obstina à demander leur séparation définitive. Antoine prit donc ses dispositions, lui communiqua le fait que leur divorce ne serait accordé qu'au bout de trois ans de séparation de corps, après consentement mutuel, selon la loi du 6 juin 1908. Elle accepta donc le fait qu'ils ne seraient divorcés qu'en 1931, et que seul, son mari aurait la garde de l'enfant.

Anna, du coup, ne comprenait plus du tout l'acharnement de sa sœur à vouloir divorcer. Antoine, lui, se résignait désormais à la lourde charge, non seulement d'élever Gina, mais de continuer à subvenir aux besoins de Fanny et de Marianne. Ces dernières, sages et conscientes de l'effort de cet homme, ne demandaient qu'à se plier à cette vie, somme toute, douce et confortable. Fanny, surtout, s'appliquait à bien tenir la maison et s'occupait un peu plus de Gina pour soulager cet homme qui, malgré son adoration devant ce bout de chou, semblait accablé de soucis. Il était devenu taciturne, préoccupé. Fanny s'inquiétait de son comportement. Elle ne voyait pas revenir Cécile, ne savait plus très bien ce qu'il en était de leur relation et se posait alors la question de leur survie à elles trois. Elle se contentait de gérer au mieux la situation, restait prévenante auprès d'un Antoine, un peu perdu, qui pouvait, aussi, pensait-elle, avoir un coup d'éclat ou être démissionnaire. Fanny avait peur de la misère, du malheur. Elle savait, de plus, que son instruction, qui s'était limitée à trop peu d'années, dont la dernière chez les sœurs de Sainte Marie, ne lui permettrait pas d'accéder à un emploi suffisamment correct pour prendre en charge sa sœur. Ne lui restait que la solution de se soumettre aux décisions que prendrait cet homme.

Alors, un soir de juin, avant que la chaleur ne le rende irascible, elle se décida timidement à le questionner sur le sujet. La conversation fut brève. Il lui rétorqua immédiatement qu'il n'était pas homme à se défaire de ses devoirs et obligations, qu'elle pouvait dormir tranquille. Il le lui dit avec un sourire si rassurant, si gentil, qu'elle le crût définitivement.

La crise économique de la Tunisie ne fit qu'empirer mais Antoine, bien que morose, ne se sentait pas atteint. Porto Farina n'en subissait pas de conséquences immédiates. Seules les nouvelles internationales, l'immigration de plus en plus forte des Italiens, dans la misère eux aussi, venaient gonfler l'inquiétude des pouvoirs en place.

Le « jeudi noir » à la bourse de New York, le 24 octobre, sonna l'alerte définitive d'un monde en pleine mutation.

L'année se terminait mal, et Antoine, lorsqu'il se déplaçait à Tunis ou à Bizerte, déplorait la mendicité à tous les coins de rue. Cécile, toujours chez sa sœur, dans l'attente du divorce, parlait de rejoindre sa famille en Algérie, pour ne plus dépendre d'Antoine financièrement. L'un comme l'autre, avait hâte d'en finir avec des politesses qui les obligeaient. Le début de l'année 1930 n'augurait aucune amélioration, ni répit. Les mécontentements de la population se traduisaient le plus souvent par des grèves et une insurrection contre les gros exploitants agricoles.

Cet été-là, l'automobile leur donna la possibilité d'aller prendre des bains de mer. Antoine en avait décidé, pour se détendre, dès la mi-juillet, quand la canicule commença à être insupportable. Ils quittaient le hameau d'El Aoudja, laissaient le village d'El Alia, d'une blancheur éclatante, flanqué sur la colline, pour se diriger vers la plage de Sidi El Mekki. Ils suivaient toute la lagune de Porto Farina par des chemins de traverses, là où les vignes offraient déjà les grappes dorées de son raisin muscat, connu depuis l'antiquité. La lagune, vestige du golfe d'Utique, comblé par les alluvions de la Medjerda, se refermait sur Porto Farina, qui, à cette époque, s'appelait Ghar El Melh, la grotte au sel, pour la proximité des salines. À l'abri du Djebel Nadour, c'était sa production maraîchère qui avait fait sa renommée. Ils rejoignaient ainsi la magnifique plage de sable blanc tout en bas du promontoire d'Apollon ou Cap Farina, jumelle de la plage de Raf Raf sur le flanc opposé du cap. En face, à l'est, comme une accumulation de strates, émergeait l'île Plane, dans cette mer au bleu cristallin.

Les filles, très excitées au début, par l'idée d'aller se baigner, avaient pris leurs petites habitudes. Faute de cabine pour se changer, elles revêtaient leurs robes légères sur des grands maillots de bain en jersey rayé. Même la petite Gina était accoutrée de la même façon, ce qui faisait rire aux éclats, Antoine, qui portait, pourtant, pratiquement l'équivalent, en dix fois plus grand ! Seule Fanette, gardait son bas de jupe, qu'elle relevait sur ses jambes, pour aller dans l'eau. Antoine nageait avec un plaisir fou, comme d'autres hommes sur cette plage, tandis que les femmes, plus pudiques, faisaient « trempette » sur le rivage, ou s'abritaient de leurs ombrelles, assises sur le sable.

À bientôt trois ans, Gina ne tenait pas en place et son père s'amusait, autant qu'elle, à l'occuper dans l'eau ou sur le sable. Plus tard, c'était un grand pique-nique que Fanny étalait sur une nappe, préparé dans la joie depuis le matin. Ils mangeaient beaucoup de salades faites de tomates, poivrons, accompagnés d'œufs durs, d'anchois, d'olives et terminaient leur repas par un dessert de melon ou de pastèque afin de mieux se rafraîchir. Ils s'alanguissaient jusqu'à ce que le bleu de la mer s'assombrisse, que le ciel finisse de rougeoyer, pour tout ranger, et rentraient, épuisés par l'air vivifiant de la petite brise marine qui s'essoufflait, hélas, en fin de soirée. Gina, rincée à l'eau douce de la gargoulette, vêtue à l'avance de sa longue chemise de nuit, s'endormait dans l'automobile et ne demandait, à l'arrivée, qu'à rejoindre son petit lit.

C'est à l'approche de son anniversaire, dès l'automne, qu'Antoine pensa au fait que Fanny, aurait bientôt dix-huit ans, qu'il lui faudrait peut-être réfléchir à leur avenir. Que pouvait-il leur offrir dans ce coin du bout du monde ? Ils avaient très peu d'amis. Aussi, Fanny ne risquait pas de trouver dans leurs rares sorties, un quelconque prétendant. Il partait travailler avec cette arrière-pensée lancinante, sans pour autant trouver une solution Il eut, soudain, l'idée de lui apprendre à conduire. Il l'encourageait en lui disant que cela lui servirait plus tard, peut-être même plus tôt, en cas d'urgence, de pouvoir aller quelque part sans sa présence.

D'ailleurs, si elle progressait suffisamment, c'est elle qui les conduirait jusqu'à Djebel Abiod, chez leurs amis, pour la nouvelle année. Fanny, très fière de cette mission, s'appliqua au point que, rapidement, elle sût mener l'automobile dans toutes les situations. Et c'est ainsi qu'en ce début d'année 1931, après son anniversaire, ils allèrent fêter celui d'Antoine chez les Caragnani. Ils étaient les seuls, les plus proches, à compatir à sa situation, à en comprendre les tourments. De moralité assez rigoureuse, ils n'admettaient pas le départ de Cécile, laissant un mari avec autant d'enfants sur les bras. Ils avaient eux-mêmes leur fils, présent ce jour-là avec femme et enfants, deux garçons à peine plus âgés que Gina. Et la famille, comme la solidarité, étaient sacrées à leurs yeux. Après le repas, Joseph Caragnani invita Antoine à faire quelques pas à l'écart de tous, pour qu'il puisse se confier un peu plus. Celui-ci évoqua aussitôt que sa principale préoccupation, puisque le divorce ne présentait aucun problème, pour l'instant, était de pouvoir trouver un mari pour Fanny. Là, à sa grande surprise, Joseph lui dit :

— Ne t'offusque pas, mais, une fois ton divorce accompli, pourquoi ne proposerais-tu pas le mariage à Fanny ?

— Enfin, voyons, Joseph, ne plaisante pas avec ça !

— Mais je ne plaisante pas, Gina est tellement attachée à ces deux sœurs, qu'il serait dommage de lui créer une famille différente ! À moins que tu n'aies déjà une autre femme dans la tête !

— Non, non, je n'ai personne. Mais je suis beaucoup trop âgé pour elle ! Voyons... Cela nous ferait vingt-deux ans de différence ! ...Encore faudrait-il qu'elle me dise oui ! ...Non, c'est insensé !

— Mais pourquoi insensé ? Même plus âgé, tu es encore jeune et vigoureux ! Tu ne serais ni le premier, ni le dernier à épouser une femme beaucoup plus jeune que toi. D'autre part, Fanny et sa sœur seraient enfin en sécurité, elles continueraient à s'occuper de Gina. Tout serait pour le mieux...Enfin, réfléchis-y !

Quelque peu interloqué, Antoine changea de sujet en parlant de la situation générale de la Tunisie. Ils passèrent une agréable journée en famille.

Au retour, Antoine se mit au volant. Il pensait éviter ainsi de regarder Fanny sous un autre aspect que celui d'une enfant qu'il avait, en partie, élevée. Il ne songeait, pour l'instant, à aucune autre chose.

3

Mais, à partir de ce jour, les paroles de son ami lui martelèrent la tête. Il se surprit à supposer les différentes possibilités de ses rapports avec elle. Il en vint même à en vouloir à son ami de lui avoir donné cette idée-là. Il terminait ses investigations en se répétant, encore une fois, que c'était insensé.

Un soir de printemps où la douceur augurait les beaux jours, alors que les hirondelles n'en finissaient pas leurs ballets incessants, Antoine et Fanny se retrouvèrent seuls, assis sur la petite terrasse. Marianne toussait beaucoup ces dernières journées et on l'entendait encore, tandis qu'elle était déjà au lit.

— Fanny, tu devrais l'emmener chez le docteur. Elle a une santé fragile et il ne faudrait pas qu'elle ait pris un vilain coup de froid. Je te laisserai l'argent nécessaire, demain.

— D'accord, Antoine.

Il la regarda. Il pensa qu'elle était belle, maintenant devenue femme. Ses cheveux noirs, tirés en chignon sur la nuque, lui donnaient un joli port de tête. Ses pommettes saillantes, ses grands yeux de bleu cendré, à peine teintés de tristesse, lui conféraient une beauté peu commune. Sentant son regard bienveillant, Fanny lui dit :

— Pourquoi faites-vous tout ça pour nous, Antoine ?

Embarrassé soudain, il lui répondit :

— Mais voyons, Fanny, c'est normal ! Heu...vous êtes ma

famille. Je n'ai que vous, avec Gina. Et puis, toutes les deux, vous vous occupez tellement bien d'elle !

Dans cette dernière phrase, Fanny saisit le fait qu'il inversait un peu les rôles, en disant cela. Elle se sentit confuse. Antoine, lui, réalisa subitement que l'occasion lui était donnée de parler, alors il ajouta très vite :

— Tu sais, Fanny, dans peu de temps, je serai divorcé, et l'avenir m'inquiète. J'aimerais vous protéger toutes les trois, vous mettre à l'abri, socialement. Aussi, j'ai pensé à une chose qui va peut-être t'étonner, d'autant que je suis tellement plus vieux que toi ! Mais, si tu n'as pas d'autre prétendant, voudrais-tu m'épouser ?

Il avait dit tout cela d'une seule traite. Il se leva, brusquement gêné. Il remarqua en quelques secondes, la confusion, la rougeur du visage de Fanny, ahurie de cette déclaration. Tout en rentrant dans la maison, il s'arrêta un instant et lui dit d'un ton plus bas, presque timidement :

— Mais je ne te demande pas une réponse immédiate, prends le temps d'y réfléchir. Bonne nuit, Fanette !

Fanny était clouée sur son siège, incapable de dire quoi que ce soit. Elle restait là, perplexe. L'esprit vidé, elle attendit encore que le ciel prit cette teinte subtile de violet, mêlé de sépia, qu'une étoile apparut, pour rentrer à son tour.

Les jours suivants, ils s'évitèrent plus ou moins, dans une certaine complicité. Fanny pensait en silence, souvent quand elle était le plus affairée. Elle n'était pas ambitieuse, elle songeait seulement au fait qu'elle n'avait pas vraiment le choix. Antoine avait réveillé en elle la fille d'honneur. Elle avait désormais le devoir de devenir une femme respectée, même si quelquefois, elle avait rêvé sur les rares jeunes gens rencontrés au hasard dans les ruelles de Porto farina. Elle se méfiait encore de l'issue du divorce mais envisageait tous les avantages de dire oui à Antoine. Il était le seul à ne pas remettre son passé en question, à le connaître sans le lui reprocher. Il était déjà le père officiel de Gina. Il lui offrait une autre vie sans la bousculer, dans un confort qu'elle connaissait déjà, le matériel et le moral. Et devenue madame Modane, elle aurait à la fois plus de liberté et de droits dans la société. Les inconvénients, elle les contournait. Certes, il était plus âgé qu'elle, mais justement plus apte à l'écouter, à la rassurer, peu coléreux, digne, généreux, et travailleur. De toute façon, elle le connaissait suffisamment pour l'avoir observé auprès de Cécile. De son côté, Antoine savait que Fanny avait un caractère fort, qu'il lui faudrait de la patience pour supporter ses réticences, ses entêtements, et même son autorité ! Car il avait remarqué avec quelle poigne, elle avait continué à mener la maison, à éduquer Gina, autant que sa sœur. Non, c'était la femme qui lui fallait et, si elle n'avait pas encore acquiescé à sa demande, elle se comportait déjà comme une femme déterminée et combative, prête à défendre ses intérêts et sa place dans cette maison. D'ailleurs, le soir, sans doute pour éviter, avant l'heure, de les mettre mal à l'aise, elle le rejoignait sous l'auvent en commentant les événements lus dans le journal.

Comme lui, elle constatait que la situation de la Tunisie empirait, que certaines denrées venaient à manquer, que les prix augmentaient, que trop d'ouvriers avaient été licenciés, notamment dans les entreprises de phosphate. Un nombre impressionnant d'immigrés italiens et maltais grossissait la liste des chômeurs et un jeune avocat prénommé Bourguiba criait à la faillite de la politique française dans la régence. C'est dans ce contexte de troubles que des grèves débutèrent à la fin du mois de juillet. Celle des dockers paralysa la

Tunisie pendant dix jours.

Et sans doute, pour désengorger les tribunaux, bon nombre d'affaires furent expédiées. Ainsi Antoine se retrouva divorcé le 24 juillet. Il avait entrevu Cécile qui disait travailler à Tunis et habiter près de sa sœur. Il rentra chez lui, satisfait. Fanny l'attendait. Avec joie, il lui déclara :

— Ça y est, Fanny, je suis libre, à toi de décider.

— J'ai décidé, c'est oui !

Il l'entoura de ses grands bras et se pencha pour l'embrasser tendrement. Toute petite, Fanny se hissa à son mètre quatre-vingt-dix pour être à la hauteur de cet élan. Dès lors, la vie fut différente. Elle le consultait bien tous les soirs pour qu'il approuve certaines de ses décisions mais elles étaient déjà prises par une Fanny, très sûre de ses propres directives. Antoine la laissait faire. En revanche, il était plus exigeant pour l'éducation de Gina. Il ne voulait absolument pas qu'elle fut sévère avec elle, alors que Gina devenait de plus en plus insupportable. Il passait sur tous ses caprices et ses bêtises, la comblait à outrance de jouets ou de vêtements.

Un jour de novembre, il revint avec de magnifiques bottes en caoutchouc pour la pluie. Le lendemain-même, Marianne, qui était allée la chercher à la maternelle franco-arabe du village où Antoine voulait bien qu'elle aille passer quelques heures, la laissa jouer dehors avec des enfants. Elle portait donc ses nouvelles bottes, car il avait bien plu. Gina, après avoir été appelée, plusieurs fois, par Fanny, arriva à la maison juste à l'heure à laquelle rentrait son père, sachant pertinemment qu'il la défendrait. Elle rentra donc dans un état épouvantable de saleté, les vêtements maculés de boue et sans ses bottes qu'elle avait données à l'un de ses petits camarades, pour mieux patauger dans les rigoles. Fanny, hurlante de colère, la corrigea d'une fessée, que son père désapprouva, bien entendu. Il la consola en riant de ses exploits. Une autre fois aussi, elle ordonna au gardien de se mettre devant elle, le prit pour cible avec ses fléchettes, en prenant bien soin de viser son œil valide ! Devant la colère de Fanny, elle se précipita en pleurant dans les bras de ummî Hanoune -maman Hanoune- en arabe. Elle promenait le chat, plus ou moins martyrisé dans un landau de poupée, ou grimpait aux arbres au risque de se rompre le cou. Au final, elle prenait un malin plaisir à faire toutes les choses interdites pour traiter maman Fanette de grande méchante !

Fanny n'était pas une mère tendre et affectueuse. Elle avait bien du mal à supporter cette enfant, qui, inconsciemment, lui rappelait ce malaise latent qu'elle portait en elle, lourdement. Une sorte de hargne indéfinissable qu'elle entretenait envers sa propre jeunesse. Cette jeunesse absurde qui lui avait échappée, la laissait pantelante de tristesse qu'elle exprimait trop souvent par des réprimandes ou de l'agacement. Mais, elle se maîtrisait devant Antoine, affectait d'une voix doucereuse l'impossibilité de mener à bien son éducation. Gina était leur principal désaccord.

Ils décidèrent de se marier le 9 avril 1932. Tous leurs amis étaient là, contents de retrouver la bonhomie d'Antoine et surtout sa joie de bien vivre. Gina racontait à tout le monde avec fierté et force détails, qu'elle était allée au mariage de ses parents. Elle finit par s'assagir en rentrant à l'école primaire de Porto Farina. Elle était très curieuse et avide d'apprendre. Fanny, qu'on appelait partout Fanette Modane, en accompagnant Gina à l'école, en alternance avec Antoine, savourait son nouveau statut de femme mariée qui la rendait fière, assurée de se faire respecter et apprécier de tous. Elle arrivait en automobile avec prestance. Son affabilité lui conférait beaucoup de charisme, d'autant qu'elle parlait aussi bien l'arabe que le français. Elle s'attardait volontiers avec les commerçants comme avec les quelques notables de l'endroit. Leur couple était déjà reconnu comme des personnes de bonne qualité, bons vivants et sympathiques. D'ailleurs, leur vie, sans artifices, était beaucoup plus rythmée par les saisons que par les événements. Antoine accomplissait ses tâches avec autant de droiture. Tous deux savaient se contenter de ce parcours, ponctué, comme tous les habitants de cette contrée, de quelques fêtes, et d'un quotidien fait de bonne chère qu'ils avaient à portée, en élevant des volailles, et en cultivant leur petit potager. Ils s'aimaient de tendresse et d'admiration l'un pour l'autre.

À la fin du printemps de l'année 1935, Antoine rentra un soir, complètement exténué par sa journée. Fanny lui trouva une mine de malade. Elle s'empressa de lui faire une infusion, tandis qu'il décréta aller se coucher sur le champ, sitôt sa toilette faite. Le lendemain, alors qu'il n'était pas homme à se plaindre, il demanda la visite du docteur. Il était incapable de se lever. Celui-ci diagnostiqua un grand affaiblissement, une légère fièvre, mais ne pouvait se prononcer au-delà. Un long repos serait nécessaire. Mais à compter de ce jour, Antoine s'affaiblit de plus en plus. Il refusait souvent la nourriture, même celle qu'il préférait, en se plaignant de mal déglutir. Le médecin découvrit très vite des ganglions au niveau de la gorge, puis s'inquiéta sérieusement de son état. Il l'obligea à une consultation plus approfondie chez un confrère spécialiste, à Tunis. Alors que son mal restait mystérieux, impossible à nommer, Antoine redéfinit l'organisation de son travail. Il se déplaça de moins en moins, grâce à l'aide d'Ali, qui savait diriger les ouvriers.

L'un et l'autre avaient fait la grande guerre, aussi comprenaient-ils le sens de la solidarité. Ils ne pouvaient que s'entraider dans le désarroi. L'été fut un enfer pour Antoine. À l'automne, il eut un répit. Il se sentait mieux mais n'était pas pour autant rétabli. Le médecin lui suggéra de changer d'air. C'est ainsi qu'ils envisagèrent d'aller en voiture jusqu'en Algérie, Fanny conduirait et ils fêteraient leurs anniversaires là-bas dans sa famille. Ce serait aussi l'occasion de présenter sa femme à ses tantes et cousines. Ils emmèneraient Gina avec eux. Quant à Marianne, elle avait suivi, chez les sœurs de Sainte Marie des cours de ménagère, quelques notions de couture, et se trouvait désormais apprentie chez une couturière qui, bonne et généreuse, avait décidé de l'employer définitivement comme petite main. En fait, elle la secondait pour divers emplois, car avec sa myopie, Marianne ne pouvait rester de trop longues heures sur un ouvrage. De plus, elle était logée et se plaisait bien à Bizerte.

Ils partirent après Noël, la voiture pleine de provisions, de présents pour la famille, de vêtements chauds et de couvertures pour la route. Antoine remarqua très vite que Fanny était anxieuse. Il la rassura en lui répétant qu'il serait là au moindre problème sur cette route sinueuse et inconnue sur près de trois cents kilomètres, qu'ils la feraient en trois étapes et se reposeraient dans des hôtels. Fanny ne voulait évidemment pas, lui avouer tous les mauvais pressentiments qui l'assaillaient depuis leur départ de la maison.

Partis très tôt, ils parcoururent sans encombre les premiers cent kilomètres d'une route agréable par ce beau temps. En roulant vers la ville de Mateur, les champs de céréales, bien verts, étaient reposants à l'œil. Leur longue ondulation sous le vent donnait une infinie douceur au paysage. Dès qu'ils furent en direction de Tabarka, leur parcours prit de la hauteur. Ils firent une pause-déjeuner dans une clairière illuminée de soleil, bien à l'abri du vent. La forêt d'eucalyptus et de chênes liège, dans cette montagne, les ravit de senteurs. De nouveau, ils se rapprochèrent de la mer dans les sous-bois de pins et de mimosas. Malgré toute l'attention de Fanny sur ces chemins en lacets, ils ne pouvaient s'empêcher de s'exclamer sur la beauté des lieux qui, par trouées, leur offrait, au loin, le spectacle d'une mer méditerranée, d'un bleu dur impassible, ce bleu d'hiver aux aplats plus sombres. Sur les pentes de l'autre flanc de la montagne, ils purent admirer la presqu'île de Tabarka avec son fort génois, ancien fort turc, et la tour de Sidi Messaoud, citerne romaine transformée en forteresse au douzième siècle. Ils s'arrêtèrent sur un promontoire pour dégourdir leurs jambes. Antoine racontait la convoitise des corsaires, les batailles livrées par les navigateurs pour conquérir cet abri imprenable, avec sa côte découpée en aiguilles, aux profondeurs vertigineuses, dans cette eau limpide, poissonneuse, remarquablement riche en corail rouge. Fanny interrompit leur rêverie en décidant d'arriver à La Calle, petite ville frontière à une dizaine de kilomètres, avant le coucher de soleil. Au final, leur voyage se passerait en deux temps puisqu'ils arriveraient à Bône dans la journée du lendemain. Ils s'installèrent dans un petit hôtel modeste, tout à fait convenable.

Passée la frontière, Fanny avait imaginé un paysage différent d'un pays à l'autre. Mais non, elle sentait les mêmes parfums, découvrait le même décor de pinèdes, de routes sèches, de rochers plantés dans la mer, de villages ocres ou blancs, bordés de palmiers, de figuiers et d'agaves. Elle fut très agréablement surprise par la ville de Bône, ancienne ville romaine sous le nom d'Hippone, aux alentours encore chargés de ruines, comme un rappel de son prestige et de sa beauté antique. Son port punique, lieu de séjour des rois berbères, bien abrité dans sa rade, était dominé désormais, par la hautaine basilique de Saint Augustin. La ville s'étalait, les pieds dans l'eau de ce golfe bordé de petites plages alanguies. Le centre de la ville semblait s'être embourgeoisé avec ses immeubles cossus et ses grandes avenues. Ils la traversèrent pour retrouver la campagne qui menait à Mondovi.

Ils arrivaient enfin au pays d'Antoine, très ému de revoir le pays des jujubes.

Par affection pour lui, sa cousine Marie-Césarine Caris, fille d'une des sœurs de sa mère, les accueillit avec joie bien que Fanny, cette remplaçante de Cécile, ne fut pas celle qu'elle aurait aimée retrouver. Ils logèrent dans une pension.

Malheureusement, très vite, la maladie d'Antoine reprit le dessus. Le médecin qui le visita, les prévint d'une fin prochaine et recommanda à Fanny de ne pas repartir. Fanny, atterrée, ne savait plus que faire. Elle assista son mari jusqu'à son dernier souffle. Antoine, alors, lui fit jurer de ne jamais rien révéler sur Gina et d'en prendre soin toute sa vie. C'était le 22 janvier 1936. Il fut enterré à Mondovi.

Fanny était effondrée. Devant son chagrin, Marie-Césarine l'aida à se relever. Elle lui proposa de garder Gina, le temps pour elle de régler tous les autres problèmes, notamment celui de normaliser sa situation de veuve. Gina irait ainsi à l'école à Mondovi, et attendrait, peut-être, même, jusqu'au mois de juin, pour ne pas être perturbée.

Un matin, très tôt, Fanny repartit le cœur serré, la peur au ventre. Elle refit le plus vite possible le chemin à l'envers, persuadée d'avoir le malheur à ses trousses. Qu'allait-elle faire de cette nouvelle vie, toute seule, face à elle-même ? Face aux autres, dans ce monde cruel qui ne lui accordait aucun répit, aucun bonheur ? Qu'allait-elle devenir sans revenus immédiats, avec une enfant à élever ? Allait-on seulement lui reconnaître des droits ?

Elle roulait sans s'arrêter. Elle avait hâte d'arriver pour se reposer et pouvoir plus tranquillement réfléchir à tout cela. Mais en arrivant, ses jambes engourdies faillirent se dérober. Elle crût s'évanouir en entendant les grandes lamentations de Hanoune, déjà prévenue par les enfants des chemins, du retour de Fanny. La maison était en partie dévastée par un cambriolage. Elle s'assit sur son muret, horrifiée de constater le saccage. Son regard se promenait partout sans vraiment réaliser l'étendue de ce fouillis.

— Arrête ! Arrête tes pleurs Hanoune ! Ça ne sert à rien de te lamenter ! Dis-moi ce qui est arrivé.

— Je ne sais pas madame Fanette. C'était la nuit et, avec Ali, nous n'avons pas vu. C'était des gens qui passent ! Mais pourquoi tu es seule, madame Fanette ?

Fanny raconta la mort d'Antoine en quelques mots. À réentendre les lamentations de Hanoune, d'un geste de la main, elle lui fit comprendre de partir, avant de s'écrouler en pleurs. Fanny pensa qu'effectivement, avec des vagabonds, une charrette postée dans le coin, de surcroît, la nuit, le vol avait été facile. Elle ne pouvait en vouloir à Ali. Elle se mit à ranger quelques affaires, au hasard, pour se donner l'illusion de mettre de l'ordre. Aidée de Ali qui pleurait en silence, elle rentra les bagages, mit deux ou trois bûches dans la petite cheminée, et s'enferma dans la maison. Plus tard, elle se mit à fixer l'âtre, incapable de songer à quoi que ce soit. Exténuée, elle s'endormit sur le fauteuil, réconfortée par la chaleur.

À son habitude, elle se réveilla à l'aube, trouva de quoi se faire un petit déjeuner et commença à évaluer les pertes. Ils avaient dérobé du linge de maison, des denrées, les objets de valeur comme l'horloge, le phonographe, et une partie des meubles légers. Elle s'estima heureuse d'avoir encore des vêtements convenables pour s'habiller et affronter toutes les démarches. Elle partit à Porto Farina pour déclarer sa situation, son vol, à des gens sidérés par tant de malheurs cumulés. Elle passa sa matinée en formalités et condoléances, la mine pâle, les yeux rougis. Malgré la bonne volonté des autorités locales, il lui fallait aller à Bizerte pour refaire les mêmes déclarations. Quelques personnes bien avisées lui conseillèrent de se rapprocher de gens influents, en l'occurrence la communauté corse, qui l'aiderait certainement, en raison de ses origines, pour obtenir des rendez-vous.

C'est ce qu'elle fit le lendemain, ne se sentant pas la force d'affronter de nouveau l'apitoiement de tous ces gens. Elle devait pourtant s'empresser, car l'argent économisé s'amenuisait, au fil des jours, autant que sa volonté se craquelait. Dans cette assemblée de corses, on lui présenta madame Gersini qui l'obligea à raconter sa vie pour en connaître l'essentiel, afin de plaider sa cause, et de pouvoir faire intervenir les principaux notables. Cette femme, d'âge mûr, au regard sévère, mais bon, s'assurait toujours du bien-fondé de ses démarches. Elle possédait quelques chalutiers qui représentaient l'unique pêche à la langouste de la région. Elle menait son entreprise florissante avec fermeté. Beaucoup de personnes la respectaient et la craignaient en raison de son influence auprès des autorités. Au récit de Fanny, elle décida, non seulement de la prendre sous son aile, mais d'activer toutes les possibilités de lui éviter la chute d'une femme à la limite de la misère. Avec perspicacité, elle conseilla à Fanny de vendre sa voiture en attendant sa pension de veuve. Cet argent lui permettrait de quitter Porto Farina, de s'installer en ville et de prétendre à un commerce de tabac que l'on attribuait généralement aux veuves d'anciens combattants.

4

Fanny avait beaucoup de réticences à quitter le hameau, sa maison, ses habitudes. Elle se sentait dépossédée, trahie. Elle fit les choses par étapes, pour s'imprégner à jamais de ce qu'elle avait acquis. Elle expliqua toutes ses démarches à Hanoune. Elle la rassura, aussi, du fait que d'autres personnes viendraient pour les employer. Elle observait Hanoune toujours fidèle à ses tâches quotidiennes, souvent accroupie à entretenir le feu sous le *canoun*, ses joncs d'argent cliquetant à chaque parole, son regard noir velouté exprimant la résignation des faits. Elle remarquait avec quelle dextérité elle roulait la graine de couscous dans le *gassâ*, ce grand plat rond en aluminium qui servait à tant de préparations culinaires, avec quel bon sens, elle passait du pétrissage d'une pâte, à l'ajout d'une épice dans un plat préparé, comme un oubli volontaire pour parfaire sa succulence, sans s'éloigner de la logique d'une conversation. Le dernier jour, elles s'assirent toutes les deux sur le muret, pour se souvenir, en termes arabes, de quelques bonheurs communs, palabrèrent encore un peu, avant que Fanny ne lui remît les clefs de la maison vide et ne l'embrassât pour emporter un peu de son odeur de pain chaud. Hanoune lui avait préparé des gâteaux, mais aussi des *taboun* tout juste sortis du four d'argile, à ajouter dans ses derniers bagages. Seule la vie l'emporterait, encore, avec ce printemps aux jours alanguis, embaumant le jasmin et la rose.

La voiture avait vite trouvé acheteur. Fanny avait loué un petit appartement modeste à Bizerte, dans une de ces rues qui menaient à la plage. Madame Gersini lui avait envoyé un ouvrier pour l'aider à aménager les trois pièces, dont la plus petite servirait de chambre à Gina. Elle précisait à tout le monde que c'était la fille de son mari. Elle avait bien conscience qu'une autre vie commençait pour elle, aussi, il n'était pas question de passer à côté d'un éventuel prétendant. Une petite pension de veuve lui fut accordée mais Madame Gersini lui conseilla de demander au plus vite l'obtention d'un débit de tabac. Elle la plaça, en alternance, chez deux clientes parmi ses connaissances, afin d'assimiler les rouages de ce commerce complexe.

Lorsque Fanny retrouva Gina sur le quai de gare, en ce début du mois de juillet, elle découvrit une autre enfant. Gina revenait amaigrie, grandie, psychologiquement différente. Sans effusion, sans plus de ménagement, ni d'affection, elles s'installèrent ensemble dans cette nouvelle maison. Gina était devenue docile, craintive, voire méfiante envers Fanny. Celle-ci s'aperçut, cependant, de l'état dépressif de l'enfant, qui n'osait pas évoquer son père. Elle faisait sans cesse des cauchemars, ou se réveillait soudain, en prétendant qu'elle avait « vu » son père lui intimer de le rejoindre. Fanny prit peur. Elle en parla à madame Gersini devenue sa confidente. Devinant son manque d'expérience et de compréhension, elle lui suggéra de la distraire, ou de l'occuper en attendant la rentrée scolaire. D'autre part, Gina aurait vite fait d'oublier, bientôt, au contact des autres enfants.

Fanny, qui n'avait que vingt-quatre ans, ne prenait pas du tout la mesure du choc qu'avait subi cette enfant, non seulement, en perdant l'amour démesuré de son père, du fait de sa mort, mais en subissant cette transplantation radicale de leur vie. Gina s'accommodait mal de cet environnement urbain, cloîtrée dans un appartement. Sortie de la maison, les grandes rues, larges et vides, ne lui offraient guère de distraction. Tous ces petits et bas immeubles, loin du cœur de ville, n'avaient pas de jardins, s'alignaient sans prétention, dépourvus de végétation et d'âme. Elle avait quitté le monde doré de la liberté dans la nature luxuriante de Porto Farina. Ne sachant trop que faire, Fanny la traitait comme une adulte, en la responsabilisant sur des actes d'ordre domestique.

Quand elle rentra à l'école pour ces neuf ans, elle se lia très vite à d'autres camarades qui, en sortant des cours, la ramenaient chez elle, ou, avec la permission de Fanny, la gardaient chez eux jusqu'au retour de celle-ci, bien contente de la savoir occupée. Car Fanny était plongée dans un tout autre univers, celui du travail, des contacts, des prétendants, indifférente à toute analyse sur l'éducation ou les soins à prodiguer à un enfant perturbé. Elle tenait Gina assez éloignée de son commerce, d'autant que l'enfant l'appelait « maman », tout court, comme pour finir de se rassurer, ce qui agaçait superbement Fanny, surtout en présence d'autres personnes. Tandis que Gina, en s'implantant de plus en plus dans cette famille juive, y trouvait l'affection, découvrait des coutumes jusqu'alors inconnues, telles que le Chabbat et la lecture de la Torah. Fanny prit un amant.

À peine plus âgé qu'elle, il n'était pas de grande envergure, surtout dominé par une mère qui voyait d'un très mauvais œil le fait qu'il fréquentât une veuve avec un enfant. Leur liaison était quasi secrète. Fanny était follement amoureuse, prête à tous les sacrifices. Elle faisait jurer à Gina de n'en rien dire sans quoi elle serait sévèrement punie.

Gina n'avait plus que cette mère étrange à aimer, cette mère qui avait, pourtant, subi le même destin au même âge, celui d'être orpheline ! Aussi ne cherchait-elle qu'à lui faire plaisir, tout en la craignant à la moindre maladresse. Sans cesse rabrouée, l'enfant devenait triste, se contentait du peu d'amour et d'attention que celle-ci voulait bien lui accorder. En l'écoutant parler à voix basse à madame Gersini, elle essayait de deviner les raisons de ce désamour, d'autant que l'ambivalence de sa mère se traduisait à la fois par le rejet et la possessivité.

Un fait curieux se produisit, au début de l'automne, sans que Gina l'apprenne, malgré ses interrogations. Cécile, en raison du décès d'Antoine, avait demandé juridiquement l'autorisation de reprendre son enfant. Lorsque Fanny en fut avisée, paradoxalement, elle devint furieuse. Indignée, elle s'empressa d'en faire part à madame Gersini qui réunit immédiatement toute la communauté corse afin de faire pression, dans un premier temps, à toute tentative de reprise de l'enfant, pour ensuite faire reconnaître le bon droit de sa mère adoptive. L'affaire fut conclue très vite avec force témoignages. Fanny obtint définitivement son adoption.

Était-ce pour le secret qu'elle tenait à préserver ? Pour respecter les dernières volontés d'Antoine ? Ou pour l'amour qu'elle refusait d'admettre pour son enfant, qu'elle avait agi avec autant de force et de détermination ?

En début d'année 1938, Fanny ouvrit son premier commerce de tabac, situé dans une rue des plus commerçantes, où les allées et venues de la poste ne pouvaient que favoriser une bonne stratégie de ventes. Ce travail, très exigeant et pénible, nécessitait une présence constante. Fanny avait embauché un ouvrier pour l'aider, surtout le matin, à aller se réapprovisionner en tabacs, au

Monopole, à l'aide d'une charrette à bras. Elle se levait à cinq heures, laissait Gina se débrouiller pour l'école, faisait ensuite la queue pour obtenir la quantité nécessaire, autorisée selon une réglementation inscrite et légalisée sur des papiers. Elle avait tout appris, en se formant auprès de madame Happone. Malgré l'intensité de ce travail incessant, il lui restait, assise sur un tabouret derrière le comptoir, des instants de lecture. Des lectures en diagonales, certes, mais qui lui permettaient de laisser tourner les aiguilles du temps, et les faits divers, une fois commentés par la clientèle, elle avait à sa portée toutes les nouvelles du monde grâce à la presse locale et internationale. Bizerte, ayant été électrifiée depuis un an, les journées des commerçants s'en trouvaient plus longues ; aussi profitait-elle de cet avantage pour lire et lire encore ces informations venues de toutes parts.

Dans ce nouveau confort, les bizertins se souciaient à peine de toutes ces nouvelles alarmantes d'un monde en plein désastre. La vie au soleil de Tunisie, malgré les restrictions, avait toujours été une vie douce et charnelle tournée vers la moindre distraction. L'avènement de la TSF qui diffusait ses ritournelles très souvent en langue italienne, avec radio Tunis, récemment créée, endormait les cerveaux, leur faisait oublier les horreurs du monde. La guerre d'Espagne était pourtant là, tout près, sur la Méditerranée, déchirait, écartelait son peuple. Les pleins pouvoirs de Hitler, depuis le 30 janvier, confortaient Mussolini et Franco dans leurs droits fascistes, anéantissant toutes libertés. L'intervention italienne, pour soutenir Franco, affaiblit les républicains dès le mois de mars. Le 26 avril, ce fut le terrible bombardement de Guernica. La ville fut entièrement détruite par l'aviation allemande. Mais cette horrible vision de corps déchiquetés restait dans leur tête comme un mauvais film, pourtant diffusé aux actualités propagandistes dans les salles de cinéma.

Les émeutes tunisiennes, elles, s'estompaient, laissaient derrière elles la misère. Son visage, sous l'éclat de ce nouveau printemps était floue, dépourvue de compassion. Pourtant, il y avait désormais, plus de quatre mille « macaronis », - comme les Tunisiens surnommaient les Italiens- au chômage, rejoignant dans la précarité, leurs frères de combat pendant lequel une partie d'entre eux avaient chanté l'hymne destourien, et l'autre l'Internationale. Hélas, l'air du moment faisait de ces Italiens des traîtres.

Plus que jamais, plus fort que tout, l'appel impétueux du bon temps des fêtes, de la chair bien vivante qui commençait à s'ébattre au bord de cette mer douce et voluptueuse, donnait le vertige. Avec l'été pour horizon, plus rien ne pouvait détourner les idées de ces habitants affairés à sa célébration.

Fanny invita tout le monde à la communion de Gina. Il y avait madame Gersini, madame Happone, la famille Caragniani au grand complet avec ses deux jeunes garçons, et les voisins juifs qui s'occupaient si bien de Gina. Sa tante Marianne, qu'elle ne voyait pas souvent, était arrivée au bras de son fiancé Alexandre, d'origine maltaise. Elle était belle, Gina, avec ses grands yeux verts de chat égaré, ses cheveux auburn coupés, la frange au carré, sous le voile blanc, soudain très fière de l'attention qui lui était portée. C'était un beau dimanche du mois de Mai, un dimanche joyeux, autour de cette jeune fille naturelle et sincère, effarouchée par tout ce monde attablé dans la cour arrière, faute de place dans l'appartement. Maman Fanette s'était surpassée, malgré toute cette nouvelle charge de vie ; aussi fallait-il plus que jamais obéir à tous ses ordres et ses désirs.

Gina reprit sa vie accrochée à ses humeurs, ballottée entre le bien et le mal, le permis et l'interdit, sauvée par la voisine qui l'ajoutait à sa marmaille pour aller à la plage. Au bout de quatre larges rues où pas un arbre n'avait encore été planté, ils y étaient. La plage, déjà envahie par les familles, fourmillait derrière la belle promenade bordée de palmiers. Les cabines de bois aux rayures colorées perdaient leur fonction première, s'entrouvraient en permanence sur tout un outillage de pêche imaginaire et de chaises pliantes, si bien qu'il ne restait plus beaucoup de place pour s'y changer. À grands cris, ils se jetaient dans l'eau fraîche pour n'en sortir qu'à l'heure du goûter. L'heure où les marchands ambulants criaient dans un délicieux sabir arabo-italo-français : *bombolonis*, (beignets frits), ou en un seul mot : *kaki-kak-salés* (baguettes de blé très fines piquetées de sel) ou en une seule phrase : *cacaoueï-glibettes-simens-pistaches* (cornets en papier-journal remplis de graines séchées salées). Ils trimbalaient leurs trésors avec agilité, se frayant un chemin parmi les corps, le panier de raphia sur la tête, ou le plateau en avant, tenu par une bandoulière renforcée de vieux chiffons sur la nuque. Le jour où maman Nénette n'avait pas eu le temps de leur faire des sablés-maison, elle leur achetait ces fantaisies pour quelques douros. Ils se traînaient au retour, rassérénés de soleil et de mer, les orteils pleins de sable, pieds nus sur le bitume encore chaud. Gina et Dédé, les plus grands, aidaient maladroitement Maman Nénette à porter, chacun leur tour, le couffin encore lourd. Gina revenait grisée d'air pur, les cheveux mouillés, hirsutes sous le chapeau de travers, la peau brune et l'allure garçonne, éreintée d'avoir nagé à n'en plus pouvoir tant elle aimait le faire. La fraîcheur du petit appartement lui rappelait vite les priorités. Une fois rincée, et plus au sec, elle préparait la table du dîner. Lorsque Fanny rentrait, si elle n'avait rien à redire, elle s'enquérait beaucoup plus des gens que Gina avait pu côtoyer que de ce qu'elle avait pu faire. Furtivement, elle jetait un regard attendri sur sa fille qui tombait de sommeil et lui intimait sur un ton plus doux d'aller dormir.

À l'automne, madame Fanette, comme les gens la nommaient, devint propriétaire du fond de commerce et put occuper l'appartement au-dessus, bien pratique pour sa fonction de buraliste, plus vaste aussi, presque bourgeois. Plus personne n'avait à s'occuper de Gina qui était ainsi plus près de l'autorité de sa mère. Par ailleurs, Fanette avait décidé, en accord avec la famille Caragniani de mettre Gina en pension de jeunes filles, dès l'année suivante, sous leur bienveillance, puisque ce pensionnat se situait à Béja, pas loin de Djebel Abiod. Gina ne s'ennuyait pas, certes, avec toute cette clientèle volubile et cosmopolite, mais elle quittait déjà l'insouciance de l'enfance, à peine prolongée par leurs anciens voisins dont elle ne voyait plus que les benjamins, en fréquentant encore l'école Blanc, franco-arabe. À l'exception des lectures de magazines, des commérages et de quelques visites inopinées, Gina était sous haute surveillance. D'ailleurs, elle fut très surprise d'être présentée à une nièce de Fanette, la fille d'un de ses frères aînés décédés. Cette jeune femme réapparaissait, sans crier gare, et pour cause, elle était réputée comme étant « de mauvaise vie » pour ne fréquenter que des militaires. Elle était belle, habillée comme une actrice et demanda à Fanette d'accepter d'emmener Gina faire un tour de ville. Pour éviter tout scandale, celle-ci acquiesça à contre cœur. Gina ne revit jamais cette femme à qui, toutes les connaissances rencontrées, à son grand étonnement, disaient qu'elle ressemblait.

Pour la mère et la fille, comme pour bon nombre de Tunisiens de toutes confessions et de toutes origines, l'année 1939 s'annonçait travailleuse et simple. Pourtant, le terrible complot fasciste avait déjà commencé son œuvre de mort. Les saisons furent aussi belles malgré la fomentation de la guerre à laquelle personne ne croyait. Fanny préparait le trousseau de Gina tandis qu'elle passait un été de liberté dans le cabanon de sa tante Marianne. Celle-ci, qui projetait d'épouser Alexandre au mois d'octobre, l'avait prise sous son aile dans le petit établissement qu'ils avaient rénové sur la plage de l'autre rive du canal. Cette construction en bois accueillait depuis le mois de mai, les amoureux de la mer qui se restauraient, à peu de frais, toute la journée, selon leurs envies gourmandes. Elle faisait même office de guinguette, le dimanche. Une terrasse s'avançait, abritée du soleil par des canisses. On pouvait aussi y louer une petite barque à rames ou une périssoire. Gina les aidait bien dans cette organisation familiale. Elle profitait surtout des bienfaits de l'été à la mer, en nageant ou en ramant dès qu'elle le souhaitait dans cet univers de rêve, pour elle. Et pour la combler un peu plus, la famille Caragniani amena ses garçons une fois ou deux, jusqu'à les y laisser quelques jours. Jules et Georges étaient des camarades extraordinaires pour Gina, les grands frères qu'elle n'avait pas eus. Ils s'occupaient d'elle, la chahutaient, la taquinaient, lui apprenaient tout ce que leur éducation « à la dure » comme disait leur père, avait pu leur inculquer. Gina était enfin heureuse et se réjouissait de les revoir chez eux les fins de semaine au sortir de la pension dont elle appréhendait, à l'avance, la rigueur.

Les premiers jours de septembre achevèrent brutalement l'insouciance de ce bel été, comme une ombre immense sous le soleil. Après l'invasion de la Pologne par les allemands, personne n'arrivait à croire à l'existence réelle de cette affiche placardée qui annonçait la mobilisation générale pour la guerre franco-britannique déclarée à l'Allemagne. La Tunisie s'attendait beaucoup plus à une invasion italienne qu'à cette offensive tentaculaire des fascistes. Quelque part, ils étaient presque rassurés de savoir que cette guerre était loin de chez eux. Quelques contingents partirent quand même vers cette France, ce continent qu'ils ne connaissaient pas. Il fallait défendre la mère-patrie. Pendant un temps, on se préoccupa, le front soucieux, des événements relatifs à la guerre, sans prendre conscience de leurs véritables enjeux. La routine de la vie sur le sol tunisien reprit ses droits.

Gina avait intégré le pensionnat sous la direction de deux vieilles filles autoritaires, bêtes et méchantes. Elle subissait cette nouvelle discipline, sans mot dire, naïve et confiante, se laissant chahuter par les plus averties, les plus grandes, dans la chambrée où elle avait été affectée, en raison de son physique de jeune fille. Il est vrai que l'été passé à la plage avait transformé son corps. L'enfant était devenue une belle adolescente, un joli bout de femme. Alors les grandes, les bavardages, lui enseignaient tout ce que sa mère ne lui avait pas dit et ne lui dirait jamais : ce qu'est le dur rôle du sexe féminin. Sa première sortie fut assurée par Fanny, pour le mariage de sa tante Marianne. Cela avait été si compliqué d'aller la chercher en train et de la ramener pour cette fête toute simple, que madame Caragniani lui proposa de l'héberger chaque fin de semaine chez eux, jusqu'aux vacances de Noël. Gina était ravie, bien sûr, d'être chouchoutée par cette famille affectueuse, joyeuse de participer aux jeux de ces garçons si sérieux, toujours tournés vers la botanique, les aventures scientifiques ou le sport. Quant à Fanny, elle était enfin libre d'agir en femme indépendante, mais son amant, lui, se trouva une autre liaison. Elle restait, de nouveau, seule, pantelante de chagrin, face à son travail, qui, heureusement, lui apportait toute satisfaction. Elle avait, désormais de nombreuses relations et de nouveaux amis. Son commerce florissant lui permettait déjà d'être à l'abri du besoin, et même d'économiser un peu d'argent pour s'abriter de cet avenir incertain.

Les commerces, en général, se maintenaient grâce à la base militaire de Bizerte, qui, comme Mers-El-Kébir, était un des replis de la flotte française. Selon les accords français avec leurs alliés britanniques, cette flotte ne devait pas tomber dans les mains de l'ennemi allemand pour éviter toute invasion par la mer. La marine se réfugia donc, en grande partie, dans ces deux ports d'Afrique du Nord, pour des raisons stratégiques, mais aussi pour des raisons techniques, les arsenaux étant suffisamment pourvus en réserves de carburant ou en lieux de carénages. L'armée de terre se vit mêlée à ces marins, en état de défense, comme l'était celle du front sur la métropole. Mais les événements s'accélérèrent, cette guerre défensive passa à l'offensive au printemps 1940, un peu trop tard, pour arrêter l'invasion allemande sur la France. Cette bataille, d'à peine un mois, se termina par la dislocation du front français, définitivement, le 8 juin. Le cauchemar hallucinant des français commençait.

L'exode des populations vers le sud, le chaos indescriptible de cette horde de millions de civils jetés sur les routes, français et européens du nord, apeurés, sans ressources, quittant leur vie, assassinés par les bombardiers allemands, furent des images inoubliables, même si l'armistice du 22 juin mit, en partie, un terme à cette horreur. Deux jours après, la paix était signée, aussi, avec l'Italie. Le gouvernement français, installé à Vichy, avec Pétain, président du conseil, allait-il changer la donne ? La France, coupée en deux par la ligne de démarcation, pouvait-elle encore gouverner sous l'occupation allemande qui dirigeait tout, interdisait tout ? Les juifs, les troupes coloniales, comme les démobilisés n'avaient plus le droit de rejoindre la zone occupée ; Et la zone libre, n'avait de libre, que le nom.

En Tunisie, comme ailleurs, bien que tout le monde fut branché sur la TSF, peu de personnes entendirent l'appel du 18 juin de ce général inconnu. La rumeur, assez vague pourtant, propagea, discrètement, le fait de la résistance, venue de Londres, par ce même général. Les actualités propagandistes que bon nombre regardait au cinéma, ne prônaient que le courage de Pétain.

Et bien évidemment, le 3 juillet 1940, quand les forces de la Royal Navy bombardèrent sans relâche, la flotte française de Mers-El-Kébir, ce fut l'incompréhension, la stupéfaction, pour ne pas dire l'indignation de la population qui fit frissonner toute l'Afrique du Nord. Le conflit avait vraiment traversé la Méditerranée. Ses habitants prirent alors conscience d'une guerre à leur porte, sans pour autant entendre cette nouvelle voix de la résistance par laquelle, dans l'instant, sous la bienveillance pétainiste, ils ne se sentaient pas vraiment concernés. L'automne n'apporta pas de nouvelles réconfortantes, non plus, la guerre s'infiltrait furieusement et les juifs, par décret discriminatoire, au début du mois de décembre, furent exclus de la fonction publique. Ils quittèrent cette terre tunisienne, qui était aussi la leur, pour s'enfuir au Maroc ou aux États-Unis.

L'année 1941 fut une année sans problème majeur pour Fanny. Gina, quant à elle, supportait de moins en moins le pensionnat. Sous prétexte d'état de guerre, les vieilles filles qui le dirigeaient, restreignaient, au fil des jours, la nourriture de leurs pensionnaires, en leur servant des mets à la limite de la décence. Les enfants n'osaient pas se plaindre. Gina échangeait sa barre de chocolat véreuse contre la tranche de pain rassis de ses camarades. Elle avait, heureusement, la possibilité, le dimanche, de manger les bonnes soupes de madame Caragniani, et, aux vacances, la bonne cuisine de maman Fanette qui la trouvait bien amaigrie. Fannette, elle, travaillait d'arrache-pied malgré les restrictions et les difficultés pour s'approvisionner en tabacs, journaux et surtout en accessoires de fantaisie qui arrondissaient les comptes de la caisse. Elle se privait de beaucoup de plaisirs afin d'économiser un maximum d'argent pour les mettre à l'abri de la misère qui courait les rues. Sa fille Gina retrouva la plage et le cabanon de ses parents avec une joie folle. Un nombre important de militaires avaient rejoint les forces alliées depuis le renversement du gouvernement de Vichy, au mois de juin, surtout après la libération de la Syrie et du Liban par les forces françaises libres. Aussi, en Tunisie, l'armée, en attente d'une plus grande activité, profitait-elle de l'exotisme des paysages et des plages en particulier, pour s'y divertir allègrement.

Et bien évidemment, malgré son jeune âge, Gina tomba amoureuse d'un beau marin venu du continent. Protégée par Jules et Georges, elle ne risquait rien, jouait encore aux éclats de rire dans l'eau, poursuivie par ses deux comparses, se baladait sur le sable doré, irradiée de soleil sous un ciel blanchi de chaleur, la peau couleur pain d'épice. Son cœur, pourtant, battait beaucoup plus vite sous le regard bleu marine de cet homme de sept ans son aîné. Elle allait avoir quatorze ans, lui en avait tout juste vingt et un. Le coup de foudre était là, au bord des dunes, parmi les agaves égarés, et les bouquets d'alfa desséchés. C'était la fin de ce bel été. Ils se promirent de se revoir malgré les incertitudes de cette vie entre espoir et désarroi.

Fanny avait décidé sans la consulter, d'arrêter les études de Gina et de la mettre en apprentissage de couture chez une modiste qu'elle connaissait, madame Delgas. La couture ne lui déplaisait pas, et le fait de rester à Bizerte, lui permettrait de revoir son bel amour aux cheveux noirs, bâti comme un athlète. Elle devint vite coquette et très élégante grâce à la gentillesse de madame Delgas. Elle coiffait ses cheveux bruns, très en hauteur sur le devant, comme les mannequins dans les magazines de mode. Elle rentrait dans sa vie de femme, oubliait sans conscience la perte définitive de son adolescence. Ainsi, au printemps 1942, Jacques venait chercher Gina pour des promenades en ville ou pour l'emmener au cinéma. Ils adoraient y aller pour voir et revoir les grands films d'Hollywood avec leurs célèbres acteurs tels que Clark Gable et Vivien Leigh.

Jacques, toujours son appareil de photos à la main, prenait d'innombrables clichés. Fanny voyait en lui le gendre idéal. Il était instruit, possédait son brevet d'études supérieures réussi à l'internat du collège Victor Hugo de Narbonne, lors d'une affectation de son père, fonctionnaire, en la ville de Carcassonne. Celui-ci était d'ailleurs décédé depuis peu et son fils en était encore ému. Issu d'une famille catholique par son père et protestante par sa mère, Jacques était un homme du sud de la France depuis des générations, engagé dans la marine, il ne pouvait avoir qu'un bel avenir. Tellement gentil et prévenant, il ne pouvait être qu'un bon parti pour sa fille. Fanny desserrait doucement son autorité.

En cet été 1942, immuable dans sa lumière, sur la petite plage de Zarzouna, elle les regardait danser avec une telle maîtrise du rythme, ces dimanches radieux pendant lesquels ils évoluaient sur la piste de la guinguette, qu'elle ne pouvait que s'enorgueillir sous les compliments de l'assemblée. Leurs corps souples se pliaient à toutes les danses. Le charleston, le swing, la rumba, comme le boléro ou le tango, faisaient d'eux un couple si élégant qu'ils représentaient à eux seuls le mythe de la jeunesse. Cette jeunesse que Fanny voyait s'étioler chaque jour, perdue à tout jamais par son devoir de femme, partagée entre le secret et le renoncement. Elle les regardait sans les voir, les yeux embués de tristesse. Elle n'avait pas la chance d'être aimée, de sentir son corps désiré, ce corps qu'elle tentait en vain d'affiner, au risque de se tuer, à force de breuvages amincissants. Les dimanches se succédaient sur cette terre généreuse, dans la fièvre et l'ivresse des plaisirs, loin de la guerre absurde des hommes de mauvaise volonté. Ils se sentaient encore à l'abri alors que le monde entier était à feu et à sang. Partout, se réveillaient les vieux volcans de la haine et du pouvoir, du Japon en Cochinchine, de Berlin jusqu'aux Balkans. La France, elle, souffrait dans sa chair, des douleurs atroces infligées à son peuple par la déportation des juifs, des résistants, des innocents livrés à la folie meurtrière d'une nation assujettie à une idéologie décadente, bestiale, déshumanisée. C'était aussi oublier jusqu'où pouvait aller la démence.

L'été se prolongeait en un automne doux. La population de Bizerte s'attardait aux terrasses des cafés, le soir, à l'heure où la mer, devenue lisse et douce, soupirait sous les dernières lueurs mauves du ciel. Ce privilège se restreignait à la petite bourgeoisie et aux officiers qui profitaient encore d'une vie tout à fait décente, et paradaient malgré les restrictions. La viande, et même le poisson, se faisaient rares, restaient les légumes dont les étals pyramidaux se rapetissaient au fil du temps. La pauvreté se cachait de moins en moins dans les ruelles de la ville arabe. Les *yaouleds*, les yeux rongés de trachome, se traînaient en guenilles. Les tarbouches fanés et les haïks élimés se profilaient en ombres furtives sur les avenues de France et de Paris de plus en plus désertes. Tout le petit peuple craignait l'hiver sans charbon et sans pommes de terre, éléments essentiels de sa survivance. Fanny, derrière son comptoir, était à l'écoute de tous ces miséreux, comme de tous ceux qui colportaient les bonnes et les mauvaises nouvelles. Son acuité à ces informations était à la mesure de la réduction de ses recettes. Ce n'était pas ce malheureux « Tunis Soir » bourré de propagande vichyste qui l'informait, mais bien toutes ces rumeurs affolantes d'un monde en pleine décomposition, dans ce petit port encore protégé du pire.

Elle avait appris, navrée comme beaucoup, que le Caïd de Bizerte, véritable ami de la France avait été démis de ses fonctions, par le gouvernement légal, pour sa trop grande sympathie des milieux français de gauche, tandis que l'amiral Estéva, Résident Général de Tunisie, congratulait la France vichyste et la fraternité franco-tunisienne. On savait qu'un noyau de résistants existait à Tunis, espérait en une victoire des alliés, déjà effective en Libye, que les ports d'Afrique du Nord pourraient devenir des ponts stratégiques de déploiement. C'est ce que rapportait aussi Jacques, des conversations de la Marine, au bord du désœuvrement, commandée par l'Amiral Derrien qui dédaignait la politique, et celle de Vichy en particulier.

Et puis, soudain, les événements se précipitèrent, les rumeurs multiples s'amplifièrent, si bien que Fanny se mit à noter chronologiquement, au milieu de ses comptes, sur son petit carnet, tout ce qu'elle entendait afin d'en retenir l'essentiel.

Le 7 novembre, elle apprit, depuis la Baie Ponty, résidence de l'amirauté, qu'un convoi naval américain, se dirigeait vers Alger, en vue d'un débarquement des forces alliées en Afrique du Nord pour se libérer de l'ennemi, nouvelle confirmée par les auditeurs clandestins de la BBC.

Le 8, la nouvelle précisait que les ports d'Oran, Casablanca, et peut-être, Bizerte, étaient aussi concernés. L'ordre était alors donné de mesures de défense totale pour toutes les garnisons, services et batteries du Koudia. Mais, on ne savait toujours pas qui était l'ennemi, car l'Amiral Derrien, sous autorité vichyssoise de l'Amiral Estéva, avait aussi reçu des ordres de l'Amiral Darlan depuis Alger, représentant la France Libre. Ordres et contre-ordres se succédaient dans la confusion la plus totale, d'autant que Darlan avait quitté Alger, et que le général Barré venait d'être nommé, en l'absence du Maréchal Juin. Derrien, devenu son subordonné, attendait quand même des ordres plus précis, qui tardaient à venir.

Quoiqu'il en fût, le 9 novembre, au matin, il ordonna la

mobilisation de toutes les garnisons. Mais ce même jour, l'aviation allemande, basée en Sicile et en Sardaigne, atterrit sur El Aouina à Tunis. Les aviateurs français prirent le parti de rejoindre les forces alliées au sud-ouest. Le 11 novembre de cette année 1942, le débarquement des alliés se fit bien sur Alger et Oran, mais pas à Bizerte. A force de malentendus, l'Amiral Derrien, ne sachant pas à qui obéir, dans le doute d'une position franche du Résident général Esteva, comme du nouveau gouvernement d'Alger, peut-être carriériste, choisit l'obéissance à l'ordre établi de Vichy. Dans cette expectative, mal armé et isolé, il consentit, sous un dernier ordre de Esteva, à être définitivement neutre à l'ennemi, quel qu'il fut. Des civils, affolés, se précipitèrent alors sur des trains déjà rares, et sur tout moyen de locomotion, pour fuir sur la route.

Fanny décida de rester dans son commerce, comme d'autres, déconcertés par cette débâcle. Ce furent les bottes des forces de l'axe qui envahirent Bizerte. Les chars, les camions, les DCA la traversèrent et s'installèrent dans les alentours et les forts, le 13.

Dans la nuit suivante, les habitants, à leur grande stupeur, furent réveillés par les avions britanniques qui larguaient des bombes sur la base de Sidi-Ahmed déjà vidée de ses occupants. A partir de cette nuit-là, les Spitfires et les Hurricanes ne cessèrent chaque nuit de bombarder la ville. En raison de cartes approximatives, ils commencèrent par les proches alentours mais très vite, la ville elle-même fut touchée.

Les dix derniers jours de ce mois de novembre furent épouvantables. Un bon nombre de civils blessés affluèrent sur l'hôpital du Caroubier. Les entrées de la ville, à l'ouest et plusieurs maisons à Zarzouna, sur l'autre rive, furent détruites. Puis, la caserne Japy, centre administratif, l'église russe et la gare furent atteints. Fanny et Gina, en détresse, comme toute la population, ne savaient que faire. Elles ne pouvaient plus joindre Jacques, ni quiconque, dans cet affolement général.

La sirène de la municipalité, hurlante, quand elle fonctionnait, les obligeait à se réfugier dans les deux ou trois caves non loin de chez elles, en centre-ville. Les bombes pleuvaient sans répit, incendiaires et bleuâtres. Le bleu, Gina, les yeux grands ouverts, le scrutait dans la nuit, sur les visages flammés par le souffle, ou sur la veine de la tempe de sa mère, tout près, qui battait la chamade. Effrayées, tétanisées, elles se serraient l'une contre l'autre. Les cris des ambulances rompaient soudain le grand silence de l'attente. On s'affairait au plus vite pour ramasser les blessés. Tandis qu'elles se sauvaient, les hurlements des ombres reprenaient, pétrifiées par la douleur. Le jour, elles se terraient dans l'appartement ou cherchaient encore, désespérément, quelque victuaille.

Tout allait très vite. Plus rien n'avait un sens. Leur quartier, dès la nuit du 27, de la municipalité à la médina, ne fut plus que décombres. Les hôtels, les restaurants, l'église, la mosquée s'écroulaient au rythme des obus, juste après le vrombissement caractéristique des avions noirs. Les cadavres étaient traînés dans les rues défoncées par les cratères, quand on en avait encore le temps. L'épouvante et l'horreur les obligeaient sans cesse à trouver d'autres abris qui n'existaient pas. Le dernier se trouvait à l'Hôtel des Travaux Maritimes, tout près de la plage. Il fallait s'y réfugier suffisamment tôt pour y trouver une place, sinon on mourrait avant. L'hôpital n'existait plus, replié en urgence sur Sidi-Abdellah et Ferryville. Le nombre de blessés était incalculable. Les derniers postes de secours ne suffisaient plus. Les premiers soins purent encore être prodigués grâce à de courageux volontaires et de valeureux médecins civils, pour remplacer les défections peu scrupuleuses de certains fonctionnaires. Il n'y avait plus d'eau, plus d'égout, plus de lumière et bien sûr, rien à manger.

C'est dans l'épouvante d'une nuit, que Fanny décida de l'urgence de partir se réfugier loin de cette ville bombardée sans relâche, épargnant toujours les Allemands et massacrant des femmes, des enfants, des gens démunis, comme dans toutes les guerres. Elle pensa aussitôt à ce dernier repli : Porto Farina. Deux jours après, leur immeuble s'effondrait, détruisant tout ce qui les faisait vivre, appartement et débit de tabacs. Au désespoir, et, avant les pilleurs, elles purent entasser, à la hâte, ce qu'il restait de décent à emporter, c'est à dire peu de choses, dans la charrette à bras. Elles s'enfuirent en direction du canal et, avec l'argent que Fanny avait toujours sur elle, elles trouvèrent un passeur. Habitant de la rive droite de Zarzouna, elle lui communiqua, en arabe, son intention, et un message pour son employé, Ahmed, afin qu'il les rejoignît au plus vite. Elle le savait seul, et il ne serait pas non plus de trop pour les aider. Il arriva sur son vélo, et à tour de rôle, ils s'aidèrent mutuellement à pied jusqu'à Porto Farina.

Ils arrivèrent épuisés à la tombée de la nuit. Enfin, ils se savaient à l'abri des bombes. Elles embrassèrent avec soulagement ummî Hanoune, vieillie, mais toujours là. Elle leur ouvrit la porte de la maison, à présent désaffectée, froide et quelque peu lugubre. Elle leur fît un thé brûlant. Ils s'enquirent des nouvelles les uns des autres.

Quelques militaires italiens s'aventuraient déjà dans les parages en quête de denrées, les bousculaient à l'occasion. Il fallait souvent cacher quelques légumes pour soi. Ils arrivaient encore à chasser quelque gibier dans le Djebel et à se contenter de pois chiches, fèves sèches, stockés, ou de graines de couscous. Elle les réconforta, ce soir-là d'un bon bol de pois chiches servis avec quelques gouttes d'huile d'olive, de citron et une pincée de cumin. Le froid n'allait pas tarder à se faire sentir en ce début d'hiver. Ils furent contents de se réchauffer avant de dormir dans l'humidité de la vieille maison. Les femmes eurent le bonheur de faire un brin de toilette avec de l'eau chaude que Hanoune avait chauffée sur le primus - réchaud à pétrole - qui, de sa flamme bleue, redonna un peu d'âme à l'habitation, autrefois si confortable. Couchées sur des paillasses à même le sol, enroulées dans des couvertures, elles trouvèrent vite le sommeil. Mais les fantômes ressurgissaient dans cette vie si éprouvante. Fanny fit à nouveau ce cauchemar récurant. Un homme très grand, les bras relevés, occupait tout l'espace de la porte de la buanderie. Elle s'enfuyait alors, dans le dédale d'une grande maison pour se retrouver sans cesse confrontée à une seule sortie barrée par cet homme au visage déformé. Elle se réveilla en sueur, les jambes repliées sur le ventre.

A partir de ce jour, extraites des bombardements de Bizerte qui ne cessaient pas, elles organisèrent leur survivance. Gina, en vélo, put rejoindre, dès le lendemain, le petit poste de police de Porto Farina, pour prévenir, au plus vite, Jacques, de leur repli. Elle revint avec les mêmes nouvelles désastreuses sur la population. En France, le sabordage de la flotte de Toulon avait eu lieu le 27 novembre en raison de l'envahissement des Allemands en zone libre.

Porto farina avait encore le privilège de recevoir quelques informations qui circulaient au plus vite. Fanny, désormais, prenait toutes les décisions, leur inculquait le fait qu'ils n'auraient plus qu'à vivre au jour le jour, en attendant la suite des événements, qu'ils devraient se battre, eux aussi, pour manger et se prémunir contre les maladies, d'autant qu'une épidémie de typhus et de typhoïde, venait de se déclarer et que, en règle générale, les paysans refusaient l'épouillage, pourtant obligatoire, pour éviter la propagation du fléau. Tout le mois de décembre ne fut que bombardements alors que le gros des troupes s'éloignait pour rejoindre le front à l'ouest. La ville n'était que ruines et ses abords comme La Pêcherie, l'aérodrome de Sidi-Ahmed le devinrent aussi. Sans répit, les alliés continuaient leur travail d'anéantissement.

Avec l'aide d'Ahmed, elles s'organisèrent pour se faire des banquettes de bois afin de dormir en hauteur, épargnées de l'humidité du sol. Ils faisaient des flambées de branches, comme de tout ce qui pouvait être brûlé pour se réchauffer le soir. Fanny, toujours l'esprit pratique et commerçant, eut même l'idée de fabriquer du charbon de bois pour aller le vendre à Tunis, dès que la quantité serait suffisante, en échange d'autres denrées manquantes. L'hiver s'annonçait froid et pluvieux. Le temps se dégradait au fil des jours. Seules leurs intenses occupations, se nourrir et se chauffer, leur permettaient d'échapper à ces nouveaux tourments.

Ils parcouraient les chemins du Djebel et de la lagune, pour ramener tout ce qui était nécessaire à cette survivance. Porto Farina comptait encore quelques aliments de base mais tout se raréfiait ou se vendait à prix d'or. Dès qu'une botte italienne s'approchait, Fanny cachait Gina sous une banquette, comme une lionne aurait défendu ses petits, oubliant qu'elle-même aurait pu être leur proie sexuelle. Gina subit une grave pneumonie pendant laquelle la fièvre ne la quitta pas. Le docteur, revenu de l'enfer des bombes, put la sauver du pire, avec l'aide de Fanny et de Hanoune, toujours présente. Jacques vint les voir une ou deux fois, grâce à l'emprunt d'une bicyclette, pour les réconforter et leur apprendre que les bombes fusaient désormais sur l'arsenal et Ferryville.

Dès la fin décembre, le front des alliés se rapprochant, la marine, toujours neutre, ne pouvait rien entreprendre. Aussi, tous les marins furent démobilisés. Jacques allait ainsi, avec Ahmed, vendre quelques sacs de charbon en empruntant les petites routes qui menaient à Tunis pour éviter les troupes de l'axe. Ils s'approchaient au plus près des souks par la Porte de France, vestige d'architecture aghlabide, pour échanger leur bien contre des denrées plus rares, comme la farine.

L'épidémie de typhus et de typhoïde prenait des proportions terribles dans les villages de la rive de Zarzouna, de Ben Negro à Menzel Abdelhraman. Les vaccins manquaient et l'Institut Pasteur de Tunis dut en fabriquer. La population, loqueteuse, miséreuse, et sous-alimentée, se traînait, en proie à une hébétude fataliste. Jusqu'à la fin avril, les bombes finirent d'anéantir Ferryville et l'arsenal. Le front axe-alliés se rapprochait de plus en plus de Mateur. On commençait à parler de délivrance mais on avait peur des derniers combats. Deux bonnes colonnes italiennes se défilèrent, affaiblissant les Allemands. Leurs convois maritimes furent coulés dans les eaux tunisiennes.

Le printemps, lui, arrivait enfin par touches colorées,

doux et pimpant, procurait un certain réconfort, après toute cette déchéance. Les militaires français furent à nouveau mobilisés. Jacques, prévenu trop tard, se vit considéré comme déserteur, mis au cachot, et après un bref conseil disciplinaire, fut déchu de ses fonctions. Comme son engagement de cinq ans se terminait, Jacques quitta définitivement l'armée. A l'approche des menaces du front, n'en connaissant pas ses effets, la population fuyait sur la route de Tunis. Mais les troupes de l'axe étaient désormais en déroute, et le 12 mai, ce fut enfin la capitulation.

La libération se déroula dans une ambiance bien étrange. La population, atterrée, avait du mal à croire que l'épouvante était derrière eux. Elle assista, quand même à l'arrivée de ces Américains volubiles et généreux, qui leur jetaient au passage du chocolat, des chewing-gums, et des cigarettes, avec une dégaine incroyable.

Les Anglais étaient souriants mais plus réservés, quant aux Français, il y avait ceux qui affichaient un bonheur simple, certainement de ceux qui avaient combattu sur le sol tunisien depuis des mois, et ceux, venant d'Algérie, quelque peu méprisants, dont la distance hautaine trahissait, en fait, un complexe d'infériorité par rapport aux libérateurs d'outre-Atlantique. Cette attitude se remarqua surtout dans les cérémonies qui révélèrent, de plus, la rivalité entre les deux clans résistants, déjà significative de la course aux pouvoirs politiques. Dans l'autre sens, les colonnes de prisonniers défilaient, défaitistes, mais encore dignes, chez les Allemands, tandis que les Italiens s'alignaient pitoyables. Gina les regardait, attristée d'un seul coup, d'avoir saisi la détresse infinie dans le regard des plus jeunes Allemands, qui avaient peut-être, ou tout juste, dix-huit ans, parmi les derniers enrôlés.

Le soulagement était bien là après toutes ces épreuves. Les Bizertins les avaient subies, sans trop comprendre pourquoi, ils s'étaient trouvés isolés, pour ne pas dire emmurés sans aucune réelle information. A aucun moment, ils n'avaient reçu l'ordre de résister, pris en otages, dans un abandon et une détresse humiliante. A présent, ils n'avaient plus qu'à se retrousser les manches pour retrouver une certaine dignité. De trop grandes blessures effaçaient la rancœur. La plupart d'entre eux, réfugiés un peu n'importe où, devait attendre que l'on déblaie toute la ville, qu'on la remette, plus ou moins, en état de fonctionner. Les Américains, avec un matériel impressionnant, aidés des travaux publics, lui redonnèrent au fil du temps, une allure de désert plus propre, mais tout était à reconstruire et cela prendrait des années. Alors les gens restaient-là où ils pouvaient, les plus favorisés, occupant les maisons ou villas qui pouvaient prétendre être habitables. Fanny et les siens ne savaient encore où aller, aussi restèrent-ils à Porto Farina. Ahmed rejoignit sa petite bicoque dans son jardin où il avait un puits pour toute richesse.

6

Avec les beaux jours, l'espoir de jours meilleurs revenait. Fanny, devant l'évidence de cet amour qui liait Gina à Jacques, autorisa leur mariage, préférant éviter qu'un enfant n'arrive avant. Ils se contentèrent de signer l'acte, devant l'officier de police qui se trouvait encore à Porto Farina. C'était le 3 juin 1943.

La circulation des transports reprenait avec Tunis comme avec le reste de la Tunisie et les échanges redevinrent possibles. La guerre, sur le continent, continuait avec toutes les exactions de l'ennemi. Envers et contre tout, avec l'été en parallèle, la population se réunissait de nouveau pour fêter tout ce qui lui restait de vivant dans son cœur et son âme. Elle retrouvait les siens, éloignés, perdus, meurtris. Ils s'entraidaient sur les débris encore fumants de ce petit bout de terre.

Les pique-niques, sur la plage étaient comme des offrandes à ce ciel toujours aussi bleu, à ce vent brûlant qui soufflait du désert pour courir sur le sable, et mourir sur l'eau claire de cette côte méditerranéenne. C'était, en s'y baignant, se laver de toutes ces horreurs. Marianne et Alexandre avait rouvert leur guinguette dans laquelle ils s'étaient réfugiés, après l'avoir nettoyée des assauts de la mer, après ce mauvais hiver. Toutes les amitiés tenaces venaient réapprendre à vivre dans la joie, quelque peu chahutées parfois par des Américains trop éméchés. Il fallait se projeter dans les mois à venir, pour se protéger de la précarité, mais dans l'instant, la vie légère était à dévorer au jour le jour. Les petits métiers s'activaient de nouveau, tandis que l'automne s'installait par petites touches sur la ville où de grands travaux étaient entrepris pour la réapprovisionner en eau et en électricité, après que des pans entiers de quartiers aient été rasés.

La guerre s'en était allée comme elle était venue, en dévastant toute la simplicité et les petits bonheurs pour reconstruire le cycle éternel de la vie, arrêté au bord du gouffre.

Jacques se contentait de quelques besognes par ci, par là. Fanny attendait qu'un appartement soit habitable sur la rive de Zarzouna car elle n'avait plus du tout envie d'habiter Bizerte dans ces conditions. Son impatience était d'autant plus grande qu'elle avait hâte de quitter définitivement cette maison trop pleine de fantômes, de cauchemars et de souvenirs mêlés.

Heureusement, elle recevait à nouveau sa pension de veuve qui leur permettait de survivre. Au cours de l'hiver, elle apprit que le petit immeuble près de l'embarcadère du second bac, alors en rénovation, proposait un appartement convenable sur le même palier qu'un fonctionnaire de police dont le poste se trouvait juste en-dessous. Elle finit par l'obtenir. Ils quittèrent définitivement Porto Farina. Fanny espérait tous les jours que son gendre fut plus dégourdi. Elle les regardait s'accrocher à elle financièrement. Alors elle redevenait plus que jamais exigeante avec Gina, pour ne pas s'en prendre directement à Jacques. Elle avait bien l'intention, du fait de leur mariage, d'organiser sa nouvelle indépendance. Elle décida de bouger les choses en recommandant Jacques à une relation des Travaux Publics.

Les embauches reprenaient. C'était le moment opportun pour le faire travailler. L'affaire fut conclue rapidement. On lui trouva un emploi de surveillant de chantier pour les routes. Avec ce poste, un appartement de fonction lui était attribué. Gina et Jacques allèrent habiter le haut du quartier, à la limite de Ben Négro, dans ce que l'on appelait désormais, la cité ouvrière.

Gina était ravie de s'éloigner enfin de sa mère, pour vivre, elle aussi, à sa guise. Elle s'extasiait sur sa nouvelle demeure, petite maison toute blanche bordée d'un minuscule jardin. L'intérieur était sobre, moderne, suffisant pour leur couple. Ils se contentèrent de quatre meubles que Fanny leur avait offerts. Elle était bien décidée à devenir une parfaite épouse pour ce mari dont elle était très amoureuse. Toutes les fois qu'elle voyait sa mère, celle-ci ne manquait jamais de lui rappeler tous ces devoirs envers l'homme qu'elle avait choisi. C'était des recommandations à n'en plus finir, sur le blanchiment du linge afin que les grandes chaussettes et les chemises de Jacques fussent impeccables, sur la cuisine, afin qu'il fut bien nourri ; bref, c'était de la soumission pure et simple à l'homme dans toute sa superbe. Sa mission accomplie, Gina rêvassait sur ses petits bouquets de fleurs, pleinement écloses aux abords de l'été. Elle s'abandonnait enfin à ses chimères sans limite, sans interdit.

Fanny, elle, s'asseyait souvent près de son balcon, fenêtre ouverte. Elle ouvrait, préalablement, celle de la cuisine, les persiennes en clayette, qui donnait sur un terrain vague, de l'autre côté de l'immeuble, afin de créer un courant d'air. Mais pas un souffle ne venait atténuer cette première vague de chaleur. Il n'était que dix-sept heures. Elle s'adonnait au tricot depuis qu'elle se trouvait inactive. Elle travaillait du coton et, malgré sa dextérité, le cliquetis de ses aiguilles s'en trouvait ralenti. Depuis son balcon, elle voyait le canal. Seuls les va-et-vient du bac animaient, pour l'instant, cette route principale qui menait à Tunis dans un sens, à Bizerte, dans l'autre, sur la rive gauche. C'était encore l'heure de la plage. Même après la guerre, le décret beylical de la sieste obligatoire avait été maintenu. Il interdisait tout bruit entre treize et quinze heures. Les ouvriers commençaient à l'aube, les administrations, à sept heures, mais tout le monde cessait le travail à treize heures. Ils étaient réveillés par les petits marchands ambulants qui, par moult sollicitations de leurs cris stridents, appelaient à la gourmandise. Ainsi, toute la population bénéficiait de ces longs après-midi, en allant, pour la plupart, se détendre à la plage. Le café, en bas, ouvrait ses portes. Le garçon tentait, en vain, de rafraîchir le trottoir à coup de grands seaux d'eau avant le retour d'une foule assoiffée qui, souvent, s'installait jusqu'au moment de l'apéritif, accompagné de kémia ou de grillades. L'attachement à cette terre ensoleillée venait certainement de cette convivialité, de cette façon de vivre dans l'insouciance et la bonhomie, exagérée par l'accent typique, par cette pluralité méditerranéenne et donnait à ce peuple une dimension particulière dans laquelle le cœur ne cédait presque jamais à la raison.

Quand le canal frissonna sous la brise marine, Fanny se dit que le trafic plus brouillon, plus intense, allait reprendre. Alors, elle se leva pour s'avancer sur le balcon, et accoudée à la rambarde, elle se délecta de la reprise de ce tourbillon crescendo. Les passeurs, les petites vedettes récupéraient ceux qui, impatients, avaient raté le bac, comme si, il y avait eu urgence à rejoindre la rive pour ne pas manquer quelque rendez-vous. Le bac déversa une foule bariolée de femmes, d'enfants, de charretons, d'ânes, de chevaux et quelques voitures. Les uns partaient sur le haut, en longeant le cimetière arabe, les autres filaient dans l'autre sens, mais beaucoup s'arrêtaient pour acheter quelques denrées à l'épicerie, ou pour boire quelque soda au café. Et soudain, comme une idée saugrenue, Fanny pensa que seul manquait un bureau de presse et tabac. Pourquoi ne pas construire le mien puisque aucune bâtisse alentour ne pouvait en bénéficier ? Elle imagina dans une vision accélérée toutes les possibilités, pour s'arrêter sur celle d'une construction légère, en bois par exemple, juste de l'autre côté de la route, juste en face, après les chaînes de files d'attente du bac. La guerre était terminée, les banques lui prêteraient de l'argent...

Elle y songea une bonne partie de la nuit, énervée par la chaleur, excitée par ses projets en instance. Elle finit par s'endormir en envisageant, dès le lendemain, d'aller en parler avec son amie, madame Gersini, qui l'aiderait certainement à concrétiser son rêve.

DEUXIEME PARTIE

1

Il lui avait fallu presque deux ans pour arriver à mettre debout ce projet. Grâce à son relationnel, le Domaine Maritime avait fini par lui donner l'autorisation d'élever, sur une plate-forme cimentée, de seize à vingt mètres carrés, une construction, dite éphémère, pour contourner l'interdiction d'une construction « en dur » sur les berges du canal. Son fond de commerce était donc un compromis entre le kiosque à journaux et la baraque foraine. Avec des plans dignes d'un architecte, l'artisan menuisier avait conçu cette petite cabane de bois, au toit pentu, tournant le dos au canal, ouverte sur les deux files d'attente du bac, par une porte, mais surtout par une fenêtre horizontale, à hauteur d'homme, qui faisait office de guichet. Elle se découpait en son centre, par quatre petits carreaux qui se levaient en guillotine, comme dans les bureaux de poste. Un grand panneau de bois, aussi, servait de volet de fermeture qui, une fois relevé, devenait un auvent afin d'abriter de la pluie et du soleil. Et bien que l'ensemble fut doublé de grosses planches bien jointes pour l'isolation, afin de ne pas étouffer, l'été, dans ces quelques mètres carrés, Fanny avait fait découper une autre petite fenêtre, sur le côté. Elle procurait un courant d'air venu de la brise d'est, celle de la mer, au loin, que les deux grandes jetées maîtrisaient, les jours de tempête. A l'intérieur, derrière elle, assise sur un tabouret, s'élevait une haute bibliothèque, un peu en décalé, par rapport au mur du fond, afin de cacher le stock. Elle servait de rayonnages pour les journaux, magazines et divers articles. Nombreux avaient été, avec enthousiasme, ceux qui l'avaient aidée à réaliser son projet qui semblait être implanté depuis toujours dans le paysage.

Fanny était fière, en ce jour de printemps clair et frais, d'ouvrir enfin son guichet. Son appartement, juste en face, lui donnait la possibilité de gérer ses horaires en fonction du flux et reflux d'une population travailleuse, rythmés par les allers-retours du bac. Elle se levait à cinq heures, pour être, une demi-heure plus tard, prête à servir les techniciens du bac, les ouvriers de l'arsenal, les maraîchers, les commerçants, et tous les ambulants qui livraient le lait, les blocs de glace, toutes ces denrées nécessaires à la vie. Cette grande animation du matin ne lui laissait guère le temps de souffler, dans le vacarme des charrettes, le braiment des ânes, et les bribes de conversation plus ou moins volées entre deux clients. Pour eux, l'attente du bac paraissait moins longue à lire le journal, à priser du tabac ou à fumer une cigarette.

Après, la clientèle se diversifiait. Les ménagères achetaient le sel, curieusement monopole des bureaux de tabac, les allumettes ou le roman-photo qu'elles pourraient lire entre deux tâches. L'activité se relâchait en fin de matinée, comme en début d'après-midi. Fanny prenait alors le temps de faire le point, de réassortir, ou de lire les dernières nouvelles, avant les retours du soir qui s'étalaient jusqu'à vingt heures. L'heure où elle rentrait avec sa caisse soigneusement répartie entre son sac et son corsage dans le cas où un malheureux viendrait à l'attaquer. Mais, généralement, elle fermait son grand panneau de bois quelques minutes avant les grilles du poste de police, en face, qui, de connivence, lui faisait un signe de protection, en la personne du dernier agent.

Le soir, sitôt arrivée, elle se dévêtait complètement pour libérer sa chair comprimée dans un corset qu'elle avait décidé de porter, désormais, pour paraître plus mince. Car elle avait grossi pendant ces jours à ne rien faire, et, à être assise toute la journée, ne changeait pas grand-chose. Elle enfilait une sorte de blouse croisée sur le devant, avalait un peu n'importe quoi, comme à midi, et puis, elle avait grignoté toute la journée pour compenser. Elle s'endormait très vite, une heure plus tard, épuisée par son travail, ancrée définitivement dans cette routine des quatre saisons comme dans un dernier port d'attache.

Dans cet intervalle, Gina avait eu la joie d'attendre un enfant, suivie par la désillusion presque immédiate de le perdre en faisant trop de ménages. En effet, elle s'occupait de sa maison mais aussi de l'appartement de sa mère qui, bien sûr, avait toujours son mot à dire sur la vie de sa fille, et continuait sa tutelle jusque dans leur couple. Jacques, lui, n'était guère enthousiaste sur l'ensemble des événements. Il se recroquevillait sous l'emprise de Fanny, silencieux et réservé. Il n'en pensait pas moins. Il savait qu'il n'avait pas choisi cette vie. Il était très amoureux de sa femme, mais la trouvait trop docile et naïve. Pourtant ces traits de caractère l'arrangeaient aussi, lui-même incapable de prendre des décisions ou de savoir dire non. Il se laissait aller sans trop analyser les sources de ses propres réactions, si évidentes depuis son adolescence. Il avait réussi ses études, et sa mère, qui avait encensé sa beauté physique, n'en n'avait été que plus fière. Sa sœur, moins favorisée par la nature, avait jalousé son frère, déstabilisé cet amour maternel qui l'avait rendu plus fragile, plus vulnérable. Dans son enfance, pendant les vacances, il se réfugiait déjà sous l'aile bienfaitrice de sa grand-mère maternelle, cévenole protestante, qui le laissait se perdre dans la contemplation, pour rêver par-dessus les montagnes.

Après ses études, son père, qui le voyait oisif, hésitant quant à son avenir, trop préoccupé de plaire aux filles, lui avait dicté d'opter pour un engagement militaire. Il l'avait fait dans la marine, espérant assouvir son besoin d'aventure, aventures encadrées, car il n'était pas aventurier. En effet, sorti du cadre, et malgré sa bonne éducation, il avait vite été entraîné par le tourbillon festif des beuveries et des conquêtes amoureuses. La guerre, sa rencontre avec Gina l'avaient assagi, mais lui restait ce goût prononcé pour les apéritifs en cascades qu'il avait du mal à refuser dans ce pays où tout était prétexte à faire la fête. Ce pays, dans lequel il n'était pas toujours à l'aise, qu'il découvrait si différent de son terroir natal. Le soleil y était quelquefois trop chaud, trois religions s'y côtoyaient, et les différentes communautés mélangeaient trois langues en un dialecte qu'il nommait pataouète, souvent incompréhensible pour lui. Toutes ces coutumes mixées dont les rites l'étonnaient, tout, faisait qu'il lui semblait ne pas être à la bonne place. Il se sentait souvent étranger, avec son accent chantant le midi de la France, avec ses boutades en patois, et ses expressions à la Pagnol dont très peu de personne n'en saisissait ni le sens, ni l'humour. Il restait ce *francaouï*, ce Français de France, occupé le plus souvent à l'écriture des rapports, dans ce travail qui ne le comblait pas. Il n'avait reçu aucune formation. Dans la marine, il avait été canonnier, mais avait joué beaucoup plus à astiquer les canons avec des dessous féminins, racontait-il, comme pour prolonger son adolescence, qu'à les pratiquer, heureusement, dans cette drôle de guerre. Il n'avait pas non plus l'étoffe d'un chef, propulsé par sa belle-mère qui voyait en lui, peut-être, un autre Antoine. Alors il se taisait, se repliait dans une sorte de nostalgie. Il s'enlisait dans une apathie qui n'était pas pour plaire à Fanny, et que sa femme ne soupçonnait pas vraiment. Jacques écrivait souvent à sa famille, de sa petite écriture en « pattes de mouche », pour s'enquérir de cet après-guerre qui était difficile, jonché de meurtrissures.

C'est ainsi qu'il invita sa mère, avec l'assentiment de Fanny, bien sûr, à venir passer quelques temps ici. Elle arriva, après un long périple, par le Charles Plumier, paquebot reliant Marseille à la Tunisie. Elle débarqua, quelque peu rigide, enfermée dans ses vêtements sombres, un chapeau sur la tête, mais, bien qu'élégante, elle représentait avant tout la petite bourgeoisie de province. Elle passa quelques jours près d'eux, peu convaincue du bonheur de son fils, presque effrayée par les coutumes de ce pays, rassurée cependant, de ne pas y trouver d'animaux sauvages. Elle se montra assez méprisante sur la vie de toutes ces petites gens, d'autant qu'elle prétendait appartenir à une famille presque savante puisque son frère était herboriste, à Nîmes.

Après son départ, Jacques redevint mélancolique. Il lui arrivait de rentrer plus tard de son bureau, prétextant un surcroît de rapports. En fait, il rentrait ivre. Et, avec cet abus ou un manque d'alcool dans l'intervalle, il fit deux ou trois brèves crises d'épilepsie. Gina s'inquiéta, après l'affolement de ce constat qui se déroulait, heureusement, à la maison, des conséquences, et surtout, des réactions de Fanny, si elle venait à l'apprendre. Mais les nouvelles de son absentéisme, de ses retards matinaux ne tardèrent pas à lui parvenir. Gina connut, à nouveau, les colères de Fanny, qui l'accusait, bien sûr, de manque d'attentions envers son mari et de mensonges envers elle. Jacques frôlait le licenciement, mais parvenait encore à sauver son poste grâce aux appuis de Fanny. La peur de tout perdre lui valait aussi des périodes plus raisonnables.

Les relations de Fanny, s'étendaient de Menzel Djémil à Menzel Abderaman en passant par Zarzouna. Les Français l'appelaient Madame Fanette et, les Tunisiens, Fanette. Elle devenait l'arrêt obligatoire, là, au centre de cette petite communauté, qui lui confiait tous ses déboires, ses espoirs, qui restait à bavarder des demi-heures entières, lorsque, le bac, bloqué sur l'autre rive laissait passer un navire. Dès que la corne d'un bateau retentissait, dès que le remorqueur partait à son encontre, et bien que c'était généralement pendant les heures creuses, et qu'une sorte de synchronisation était établie, le désordre régnait en tous sens sur les quais. Le premier bac faisait son dernier voyage avant le passage. La file restante de voitures en provenance de Tunis, se précipitait alors sur la file du second bac, la rallongeant d'autant, les chevaux piaffaient, les charretiers juraient et ce charivari gagnait les plus impatients. Fanny, alors, ne quittait plus sa caisse qui se remplissait au fur et à mesure de l'attente. Mais, lorsque l'attente se prolongeait au-delà des normes, elle fermait la porte et sortait pour profiter comme les autres du spectacle. Elle le devinait à la baisse soudaine des clients, au silence de la foule, aux passagers sortis des voitures qui semblaient conquis par ce qu'ils voyaient. Impressionnants, souvent majestueux, les paquebots paraissaient grandioses. Les torpilleurs et les frégates présentaient leurs équipages tout de blanc vêtus, alignés au garde-à-vous sur le pont.

Les Tunisiens, qui commençaient insidieusement à

reconquérir leur indépendance, s'inclinaient à la vue de ces exploits dans ce chenal où le moindre débordement pouvait être fatal. La guerre les avait débarrassés définitivement de la convoitise italienne, et Bourguiba, reconnu comme le chef du parti destourien, s'occupait progressivement à se défaire de l'occupation française.

Le spectacle s'arrêtait aux grands coups de sifflet du capitaine du bac qui s'évertuait à ranger voitures et charrettes, au plus serré, avec la plus grande impartialité malgré les mécontentements. Fanny reprenait son tricot, impassible, cogitant sur ses préoccupations du moment, jetant, à l'occasion, un œil curieux par la fenêtre latérale qui l'assurait de l'activité routinière du canal, puisqu'elle lui tournait le dos. C'est de cette fenêtre aussi qu'elle voyait arriver le mauvais temps. Aux grands frissons de l'eau bleue, dans le courant rentrant, elle savait que le vent d'est se levait, aux vagues blanches étalant leur écume sur le brise-lames, au loin, elle devinait la forte mer. Elle s'était accoutumée à ce poste de vigile, elle en était satisfaite. Ahmed était de nouveau son employé fidèle, à peine plus fortuné, grâce à l'héritage de son oncle, avec un petit bout de terrain qui lui permettait de vendre quelques légumes et fruits. Il aidait Fanny dans les lourdes tâches, Gina s'occupait de tenir sa maison. Tout son petit monde était sans faille.

2

Quand, au début de l'année 1949, Gina attendit enfin son premier enfant. Et elle l'attendait depuis bientôt six ans, depuis l'accident. Le docteur Santini, qui avait acquis sa bonne réputation pendant la guerre, l'avait soignée et suivie, aussi était-il heureux de constater l'événement, après tous ces efforts. Ils étaient tous ravis. Fanny en profita pour faire un brin de morale à Jacques, qui promit de mieux se comporter. Mais celui-ci poursuivait l'idée de repartir en France avec la venue de l'enfant pour prétexte. Il en fit part à Gina qui ne savait pas s'il fallait s'en réjouir ou pas, d'autant qu'elle s'était toujours sentie protégée par sa mère. Le projet prit forme avec quelques petites économies. Les arguments persuasifs de Jacques finirent par convaincre Fanny. Celle-ci avait bien écouté et entendu le fait que Jacques était propriétaire de la maison familiale au même titre que sa mère et sa sœur, que cette maison était suffisamment grande pour les accueillir, et pour finir, qu'il n'aurait aucun mal à trouver un emploi. Elle rajouta ainsi une bonne somme à leurs économies. Quant à Gina, toujours amoureuse de son mari, elle ne disait jamais non au changement ou à l'aventure.

Ils embarquèrent sur le Charles Plumier au début du mois de mai, en fin de matinée. Mère et fille pleurèrent, quelque peu inquiètes de se séparer. Gina essuya ses larmes, entourée par les bras de son mari, qui lui susurrait que leur voyage de noces se réalisait enfin. Le temps était beau. Ils semblaient heureux. Gina était curieuse de tout, allait et venait de la poupe à la proue, visitait tous les endroits accessibles, car leur classe transat les limitait aux ponts du paquebot. Le soir, le ciel se fit menaçant, la mer devint houleuse, le commandant annonça la tempête. Jacques, qui avait bu quelques bières, fit une chute que l'on mit sur le compte du roulis. Sa blessure, la grossesse de sa femme leur valurent une cabine sommaire. Elle leur permit de s'abriter du mauvais temps, le voyage restant. Ils furent secoués une bonne partie de la nuit. Gina était blême d'inquiétude.

Pourtant, malgré la fatigue, elle écarquilla les yeux devant la ville de Marseille, étalée sous le soleil, à leur arrivée, le lendemain. Elle voyait enfin cette France qu'elle n'avait imaginée qu'à travers les cérémonies officielles pendant lesquelles, plantés sous un drapeau, on chantait la Marseillaise. Elle suivait son mari, qui marchait d'un pas fébrile jusqu'à la gare, où, après deux heures d'attente, ils purent prendre le train. Les paysages ne ressemblaient plus du tout à ceux qu'elle connaissait. Les villes et villages aux toits de tuiles rouges s'interrompaient sur des champs verts, sur des vignes à perte de vue, s'éloignaient du littoral, s'en rapprochaient, sans qu'elle puisse en sentir l'odeur ou s'attarder sur leur particularité. Avec l'autocar, plus tard, elle ne voyait plus que des routes rectilignes ombragées de vieux platanes. Elle avait bien envie de s'assoupir mais la rudesse des chaos l'obligeait à rester en éveil, à tenir son ventre. Elle se surprit à douter de l'avenir qui lui était réservé. Son mari lui annonçait les villages, au fur et à mesure des grincements et des soubresauts de l'autocar. Pourtant, curieusement, elle ne retenait que les consonances « ann' » de leurs terminaisons. À leur arrivée sur la place du village, après le grand soupir des freins de l'engin, Jacques, tout excité, se jeta contre un homme, brave et souriant, nommé Gustave, son cousin. Il s'empara d'une partie des bagages sitôt qu'il eut embrassé Gina en lui disant : « Adiou, cousine ! ». Elle sut, plus tard, que le bonjour et l'au revoir dans le midi, se disait toujours adieu. Dans les rues, Jacques, fier et droit, faisaient des signes de la main aux vieux sur les bancs, comme aux rares personnes qu'ils croisaient. Gina comprit qu'elle n'était plus dans son pays, à entendre, dans son dos, les chuchotements que provoquait leur passage.

La maison familiale se présenta, quelconque, alignée entre les autres, en étage. La mère et la sœur de Jacques, dès l'entrée, les accueillirent, souriant poliment, avec une sorte de gêne. Seuls, les deux cousins, volubiles, se congratulaient à n'en plus finir, comme deux adolescents, en se tapant réciproquement sur l'épaule. La mère, quand même, s'enquit de l'état de Gina, lui demanda si elle voulait boire ou manger avant le repas du soir. Puis, suivie de près par sa fille, lui fit visiter sommairement la maison qui semblait s'être démunie de nombreux bibelots. Le cousin les quitta pour les laisser dîner. Gina ressentit, très vite, le peu d'intérêt que sa personne représentait, aussi, fatiguée du voyage, elle demanda à aller se coucher après avoir fait sa toilette. Dans le réduit destiné à se débarbouiller, elle s'aperçut du peu d'hygiène qui y régnait, comme elle l'avait déjà remarqué un peu partout dans la maison, malgré sa lassitude. Avant de s'endormir, elle perçut quelques éclats de voix élevés mais elle était bien trop fourbue pour se poser encore des questions auxquelles, se dit-elle, on ne lui donnerait pas de réponses avant un bon bout de temps.

Gina essayait, en vain, de se faire accepter par sa nouvelle famille. Elle était très bien reçue chez la tante de son mari, sœur de son père, maman du cousin qui les avait accueillis, qui, malgré leur modeste vie, due aux aléas des récoltes de quelques vignes et vergers, leur offrait volontiers de partager leurs repas. En revanche, les visages fermés de sa belle-mère et de sa belle-sœur ne l'incitaient guère à chercher quelque affection. Elle faisait tout pour les aider dans leurs tâches domestiques au quotidien, mais elle en faisait trop à leur goût. C'était pour elles deux, une intrusion permanente, attisée par la jalousie de la sœur de Jacques. Cela se termina très vite en conflit, et sa belle-mère alla jusqu'à en venir à la dispute. Gina reçut un coup de pied au ventre. Alors, ils eurent très peur pour le bébé. Jacques, à ce moment-là, s'en mêla et exigea de nouvelles conditions. Le véritable complot était en fait, pour sa sœur, de s'assurer, définitivement, de l'héritage de la maison qu'elle n'avait nulle envie de partager avec cette étrangère.

L'histoire s'arrêta avec le départ des deux femmes, qui, comme chaque été, partaient à la montagne, dans les Cévennes, où la maison familiale était occupée par la grand-mère maternelle. Avant leur départ, elles prirent le soin de retirer une bonne partie du linge et des objets que l'intruse aurait pu, éventuellement volés. C'en était de trop pour Jacques. Il leur restait encore de quoi vivre et il décida, comme ils l'avaient promis à Fanny, de rendre visite à la sœur aînée de celle-ci, qu'elle n'avait jamais connue et dont elle voulait bien avoir des nouvelles. Fanny lui avait écrit quand elle avait appris son existence à Toulon.

Gina, gavée de cerises, et d'autres fruits de printemps, en forme resplendissante, fût aussitôt prête à partir en voyage, ravie de s'éloigner de cette ambiance malsaine.

Ils empruntèrent de nouveau le vieil autocar pour rejoindre la ville de Montpellier afin de prendre un train pour Toulon. Il les brinquebalait avec autant de gémissements et soubresauts. Bien vite, Gina sentit avec plaisir l'air marin envahir par rafales les pins parasols, dans la chaleur de l'été encore bien supportable. Après Marseille, comme pour les réconforter, la côte, leur révéla, en cette fin juillet, une animation semblable à celle qu'ils avaient quittée sur celle d'en face. Ils décidèrent qu'ils verraient bien, en fonction de l'accueil qui leur serait réservé, des jours à passer dans cette famille. Gina, malgré la rondeur bien affichée de son ventre, se voyait bien profiter encore de la mer et des bals. Sa grossesse ne l'indisposait aucunement. Bien au contraire, elle ne s'était jamais aussi bien sentie. Jacques était fier de la beauté de sa femme, et, même si leurs économies s'effritaient tous les jours un peu plus, il se rattraperait, plus tard, au bon temps des vendanges pour récupérer quelques sous. Il voulait surtout oublier et atténuer aux yeux de Gina, les mauvaises retrouvailles avec sa mère.

Jacques ne reconnaissait plus vraiment la ville où, marin, il avait traîné sa jeunesse dans les ruelles douteuses près de l'arsenal. Après trop de bombardements, Toulon se reconstruisait encore, surtout dans les vieux quartiers, non loin de la rade. Ils finirent par trouver, près de la plage du Mourillon, l'adresse indiquée sur le petit papier. Dans une petite rue, la maison ressemblait bien plus à un cabanon rénové qu'à une villa construite pour durer. L'accueil fut simple et chaleureux, très vite animé par les nièces de Fanny. Elles portaient sur leurs visages les traits bien caractéristiques de la fratrie de Fanny que Gina avait secrètement découvert sur la vieille et unique photo de famille, enfouie sous du linge, dans un tiroir de la commode de la chambre de sa mère. Ils dansèrent au bal du quartier, le samedi soir, sur les *flon-flon* désuets d'un orchestre non encore influencé par la frénésie des rythmes outre-Atlantique.

Ils repartirent comme ils étaient venus, heureux de cette parenthèse insouciante de leur jeunesse. L'été se prolongeait dans les vendanges rieuses et les bals endiablés. La mère de Jacques était revenue mais sa sœur avait rejoint à Marseille son futur mari, ce qui leur rendait la vie, dans la maison familiale, à peine plus acceptable. Au mois d'octobre, sitôt rentrés d'un bal où Gina avait beaucoup dansé, l'enfant se présenta. Une petite fille, bien portante, naquît dans l'alcôve, des mains d'une sage-femme. Les jours passèrent, réjouis par la présence de cette enfant que Jacques était ravi de montrer lors des promenades dans la petite ville. Mais, seuls quelques travaux accomplis par Jacques, de temps à autre, les sollicitations de quelques amis sincères, et la famille proche, leur permettaient de vivre. Gina découvrait un peu plus la vraie personnalité de son mari, toujours en proie aux mêmes démons, la faiblesse et l'ivresse. Jacques vendait son âme, tandis que Gina s'inquiétait de leur devenir. Le printemps comme l'été, jadis si prometteurs, ne la convainquirent pas plus dans ses doutes. À l'automne, Gina prît la décision d'écrire une lettre assez sombre à sa mère, elle, qui n'écrivait jamais, sans pour autant lui réclamer quoi que ce soit. Elle éprouvait le besoin affectueux de se plaindre à cette mère qui, au final, l'avait toujours préservée du pire.

Fanny, qui travaillait inlassablement, eut la surprise, en ce matin frileux de novembre, de lire une lettre de sa fille, des plus étonnantes. Et puis, quand elle l'eut relue, elle se dit qu'elle avait été complètement aveugle de ne pas soupçonner les mensonges cachés des précédentes. Son gendre, à la plume facile, avait pris soin de l'informer régulièrement de leur nouvelle vie, sans s'étaler sur son contenu réel. Gina rajoutait toujours des pensées affectueuses à la fin de chaque missive, accompagnées d'une ou deux photos de leur petite fille, ce qui finissait de la rassurer. Cette fois, c'était bien l'écriture de sa fille sur l'enveloppe que lui avait remise Tarik, le facteur, en lui disant comme à l'accoutumée :

« Je crrrois que tu as une lettre de Frrance, m'dame Fanette! »

Mais Fanny n'avait pas tout de suite prêté attention à la différence. Ensuite, ils avaient longuement palabré en arabe, parce que, par Tarik, les nouvelles de tous et de chacun allaient encore plus vite ! Fanny était avide des commérages pour mieux connaître ses clients. Elle anticipait, ainsi, les thèmes de leurs conversations et s'immisçait dans leurs états d'âme, avec une facilité déconcertante. En fait, trop curieuse, elle s'alimentait, dans sa solitude, de tout ce qui pouvait se produire dans la vie des autres. Pourtant, elle n'était plus totalement seule depuis que son commerce voyait passer à peu près toutes les couches de la société. Son charisme lui valait la reconnaissance des grands propriétaires terriens comme celle des plus pauvres. Elle avait désormais de véritables amis et des relations sur qui elle pouvait s'appuyer. Elle avait bien eu quelques aventures avec des hommes mais ils étaient mariés et ne lui promettaient aucun avenir. Dans l'instant, elle était amoureuse d'un homme, technicien à l'arsenal, veuf tout récemment.

À la lecture plus attentionnée des propos de sa fille, sa fibre maternelle enterrée, puis ravivée, depuis le départ de celle-ci, se mit à trembler. Gina était en danger, ainsi que la petite, qu'elle ne connaissait pas encore, mais pour laquelle, elle avait déjà un amour de grand-mère, ou du moins, ce grand élan jamais exprimé, sans cesse refoulé. Préoccupée, elle fut moins bavarde dans l'après-midi, à la limite de l'agacement, tant elle voulait réfléchir à la meilleure des solutions pour Gina. Sa fille ne demandait rien, en fait. Elle se plaignait de sa situation, devenue très dure en raison du manque de travail, de la cherté de vie, et du froid qui arrivait. Bref, c'était un appel au secours. Elle guetta le passage d'Ahmed qui revenait de la ville et lui demanda de venir le lendemain, afin de la remplacer pour affaires. Elle prit sa décision, le soir, lorsqu'elle se retrouva seule devant son assiette.

Sans plus attendre, dès le matin, grâce à son relationnel, elle eut vite fait, en deux heures, d'organiser le retour de Gina et du bébé. Elle lui prit un billet de bateau qu'elle expédia, ainsi qu'un mandat et un télégramme. C'était comme une mise en demeure, en précisant que Jacques n'avait plus qu'à se débrouiller. Fanny se rassit sur son tabouret, persuadée d'avoir fait son devoir.

Elle se préparait à ce retour, sachant très bien qu'il augurait la fin de sa tranquillité, trop lisse pour durer. Jacques, résolument embrumé par ses vapeurs d'alcool, eut du mal à admettre l'évidence. Il promit à Gina, mais, que valaient ses promesses ? De la rejoindre, dès qu'il aurait suffisamment d'argent. Gina, lasse et triste de devoir se résoudre à partir, songeait à l'avenir de sa fille, ne l'écoutait plus. Elle se posait même la question de la suite à donner à leur mariage.

Elle s'en alla, un peu comme une voleuse, sa lourde valise

à la main droite, sa fille bien emmitouflée dans son bras gauche, son sac en bandoulière. Jacques se mit à boire un peu plus, sitôt ses amours mal aimées, disparues de son univers.

3

Sur les quais de la gare de Marseille, fourbue par ses fardeaux, perdue dans la foule, Gina se dirigea vers le grand escalier de sortie. Là, indécise, déroutée sur la dernière marche, elle chercha du regard les enseignes d'hôtels et s'arrêta sur la première qui retint son attention, sans réflexion, ni calcul. La nuit tombait, le mistral soufflait le froid. Après avoir poussé la lourde porte vitrée, parée de cuivre étincelant, à son grand étonnement, on s'empara aussitôt de sa grosse valise. Elle se redressa dans son manteau, modeste, mais de bonne qualité, pour ne pas perdre contenance. Le groom se tint à quelque distance pendant qu'elle payait d'avance, en précisant qu'elle devait quitter sa chambre dès huit heures, le lendemain. Son beau sourire et sa prestance, malgré sa timidité, lui donnèrent le courage de demander qu'on veuille bien réchauffer un biberon pour sa petite fille. La chambre douce, chaude et moelleuse la vit s'asseoir sur le lit, époustouflée par son choix luxueux. Elle comprit soudain pourquoi le prix d'une nuit lui avait paru si cher. Comme une enfant, elle battit des mains devant sa fille qui, les joues rosies par ce long voyage, les yeux pétillants, fit de même. Elle la changea, l'amusa, lui donna son biberon. Marie-Jeanne s'endormit bien vite, repue de son breuvage, couverte de bisous par sa mère, au milieu du grand lit. Gina se retrouva, soudain, face à sa nouvelle situation, décontenancée, incapable de réaliser pleinement pourquoi elle en était arrivée là. Une chose était sûre : Elle se retrouvait dépendante à nouveau de cette mère qui ne manquerait pas de le lui rappeler. Elle eut faim, subitement, mais se contenta des restes de victuailles oubliées dans son sac. Lorsqu'elle alla dans la salle de bains, elle se rendit compte à quel point, cet hôtel était vraiment hors de portée de sa bourse. Elle attrapa un fou-rire irrésistible face à cette ironie du sort, plus encore, quand elle réalisa qu'elle était incapable de faire fonctionner les robinets cuivrés de la baignoire. Elle se contenta d'une douche, déçue de ne pas profiter d'un bon bain, mais elle riait, riait. Ce rire lui faisait un bien fou.

Sur le bateau, elle se reposa. Elle mangea à sa faim. Elle pourrait mieux affronter l'indignation de sa mère, son orgueil, sa peur du qu'en-dira-t-on. Sa mère ! se dit-elle, l'esprit rageur. Elle avait dû expliquer à toute sa belle-famille, qu'elle n'était, en fait, que sa mère adoptive. Elle devait s'en expliquer toutes les fois, comme d'une excuse.

Sa vraie mère, d'ailleurs, qu'aurait-elle fait ? Cette maman bizarre qui l'avait abandonnée en partant. Elle l'occultait depuis toujours, l'oubliait dans un coin de sa mémoire, sans pour autant s'en souvenir. Elle lui en voulait à elle aussi, depuis qu'elle savait ce que c'était d'être mère. Comment pouvait-on laisser son enfant derrière soi ?

Le paquebot traçait une ligne bien droite, éclaboussée de blanc, sur l'eau. Le temps était beau. Elle aperçut, impatiente de la voir, la terre, au loin, par ce matin presque froid de ce début décembre. Sa terre. Il fallait donc s'en éloigner pour la reconnaître, l'aimer, la souhaiter si fort. C'était bien la seule chose qu'elle désirait retrouver, faire connaître à sa fille, plus tard. A l'approche de Bizerte, sur la gauche, la vision de son adolescence lui apparut, soudain, sur les planches de la guinguette, volets battant au vent, lasse d'avoir affronté tant de tempêtes. La plage, vide, retentissait encore de ses rires et de ses cris, poursuivie par les garçons dans l'écume jaillissante. Le vent d'Est, sans doute, fit rouler des larmes sur ses joues. Mais le brise-lames se présentait déjà, barrage protecteur, lui rappelant les limites autorisées de sa périssoire, quand elle s'appliquait à gagner une course. La corne se mit à hurler, sortie des entrailles du navire, sourde, profonde, tandis que les remorqueurs s'avançaient, préparaient leur guidage, en tournoyant avant de s'aligner en parallèle. Gina, la valise à ses pieds, sa fille aux bras, s'appuyait au bastingage, cherchait déjà des yeux, la silhouette de Fanny sur les quais. Elle était bien là. Elles se firent un signe de la main. Cette fois, Fanny eut du mal à masquer son bonheur. Sa joie éclata à la vue de l'enfant quelque peu farouche :

— « Mais qu'elle est belle cette bichette! Qu'elle est belle!» ne cessait-elle de répéter, pour éviter une conversation plus élaborée. Et, arrivées au bureau de tabac, devant un Ahmed, aussi chamboulé que sa patronne, elle prit la petite aux bras pour la montrer à tout le monde.

Le soir, après avoir couché Marie-Jeanne, elles parlèrent un bon moment. Gina avait sagement écouté la sempiternelle morale de Fanny, et savait à l'avance ce qui l'attendait dans les jours à venir. Elle devrait composer, comme par le passé, avec les ordres de sa mère, son caractère, ses exigences, et oublier d'exister par elle-même. Dans l'instant, l'essentiel était d'assurer, de préserver, pour elle et sa fille, le gîte et le couvert, bien au chaud. Elle eut une pensée bien triste pour Jacques.

À l'approche de Noël, elles eurent envie d'avoir le cœur plus léger devant Marie-Jeanne. Elles dressèrent un sapin, ensemble, pour la première fois. Elles eurent une grosse déception en ce matin de Noël lorsque l'enfant, nullement ébahie par les jouets, en l'occurrence, une magnifique poupée, s'empara des petits livres, et se mit à les lire, dans un coin, bien au chaud dans sa robe de chambre, sans même se préoccuper de l'événement. Dépitées, mais, pour une fois, complices, elles éclatèrent de rire.

Fanny était différente, transfigurée par son nouvel état d'amoureuse. L'homme, prénommé François, d'origine napolitaine, de fratrie nombreuse, fréquentait déjà, régulièrement, la maison. Gina le trouvait sympathique et gentil, toujours prêt à rendre service. Bien que peu bavard, il était cependant entouré de nombreux collègues et amis, qui devenaient vite de joyeux lurons au contact de Fanny. Sa clientèle fidèle s'était constituée en un groupe hétéroclite d'ouvriers, de cadres et techniciens de l'arsenal, des travaux publics et maritimes ayant en commun les mêmes plaisirs : la pêche, le rire et la bonne vie. Alors Fanny organisait les rencontres en apéritifs, repas de spaghettis, ou encore grillades de marrons, l'hiver, devant la cabane, au bord du canal. Parmi ces personnes se trouvaient les enfants de vieux amis de ses parents qu'elle n'avait pas connus, ayant été trop tôt orpheline. Elle retrouvait ainsi une partie de l'histoire de sa famille, que Gina, elle, découvrait par bribes. Gina entendait aussi, derrière les chuchotements, et les rumeurs, des faits qui l'interpellaient de plus en plus. Elle se dit que c'était des racontars tant ils paraissaient incroyables. On disait que Fanny était sa véritable mère, qu'elle détenait un secret, que ses parents officiels ne l'étaient pas, qu'ils étaient cousins germains, bref, elle ne savait plus très bien ce qu'elle devait en penser. Si bien, qu'à ce stade, il lui faudrait, peut-être, retrouver sa mère, celle des papiers, celle qui l'avait lâchement abandonnée. Mais comment la retrouver ? Puisque personne n'en connaissait l'existence

Elle n'eut pas le temps de pousser plus loin ses investigations. Jacques revenait et les soucis avec. Elle n'avait pas osé questionner Fanny sur tous ces ragots, et elle avait encore moins le courage de dire à sa mère qu'elle craignait sa nouvelle vie avec Jacques, dont elle avait bien envie de divorcer. Elle se sentait liée par l'autorité de sa mère d'un côté, de l'autre, par le défaitisme de son mari. Et sa propre lâcheté, dans ce dilemme, lui paraissait évidente, coupable de ne pas réagir.

Jacques rentrait plein de promesses, affirmait que Gina était son seul soleil. Fanny estimait la chose des plus normales. En fait, elle avait envie de s'installer seule avec son amoureux. Elle s'empressa donc de trouver un emploi pour Jacques. Cette fois, le poste était celui d'un fonctionnaire, et l'appartement attribué se trouvait sur la concession même des Travaux Maritimes. Jacques arriva au mois de septembre. Ils s'y installèrent aussitôt. Leur nouveau logis était sommaire, tout en longueur, une vaste pièce principale, éclairée par un large vasistas, une cuisine et une chambre. Situé à l'arrière de l'annexe de l'administration, près du premier bac, il donnait sur le canal dans toute sa longueur, si près, qu'on en écoutait avec plaisir, le doux clapotis de l'eau sur le quai. Gina, comme toujours, s'en accommoda, avec, pour seul espoir, celui de retrouver, en Jacques, l'homme qu'elle avait aimé. Lui, sentait bien qu'elle s'était éloignée, par déception, et se cramponnait désespérément à ses promesses.

Jacques avait bien du mal à les tenir, ses promesses. Elles l'obligeaient mais son comportement était brouillon. Il était en équilibre entre son addiction et son devoir. C'était d'autant plus grave, qu'ils étaient à la limite de la misère. Et lorsque Gina apprit qu'elle était enceinte, elle se désespéra à l'avance. Comment allaient-ils vivre de façon décente avec déjà un enfant à charge ? Elle savait que Fanny le lui reprocherait. Elle pensait même qu'avec sa maigreur, son état de santé général, sa grossesse n'irait pas à terme. Mais l'enfant était là, déjà bien accroché à la vie et très vite, elle le porta avec fierté. Il naquît presque à l'improviste, dans la chambre de Fanny, une nuit de décembre. Ce fut, pour elles deux, un cadeau partagé, même si, ce beau garçon braillard avait du mal à s'acclimater.

La Tunisie, quant à elle, venait de vivre une année déterminante pour son avenir. Le traité du Bardo qui avait fait de ce pays, un protectorat sous autorité française, en l'an 1881, alors monarchie absolue en la descendance des Beys successifs de la famille husseinite, se révélait, plus que jamais, être une trahison pour le peuple. Même si ce traité s'était conclu pour venir en aide financièrement à cette monarchie, en pleine réforme, le constat présent était bien une domination française plus ou moins consentie, avec le temps, par une famille beylicale, éloignée de la réalité populaire. Bien sûr, auparavant, la modernité du Bey Hamed, en 1846, avait promulgué l'abolition de l'esclavage et l'égalité entre juif, chrétien et musulman. Depuis, les deux grandes guerres avaient renforcé le pouvoir du libérateur, tour à tour, italien, allemand, et le français, vainqueur, désormais. C'était oublier la puissance des partis nationalistes, las de ne pas se faire entendre par les différents politiciens français. Le premier, le Destour, signifiant Constitution, créé en 1920 par des notables médecins, avocats, membres beylicaux, et le second, en 1934, le Néo-Destour qui scindait alors, cette entente commune contre le protectorat. Un de ces principaux leaders, Bourguiba, coiffé de son haut fez rouge, plusieurs fois exilé, occupait à nouveau le devant de la scène par sa naissante popularité Tandis que Nasser Bey reniait les nationalistes, Moncef Bey revint vers eux. Mais il fut destitué, exilé dans le Sahara, puis à Pau, par les français, et remplacé par Lamine Bey, pro-français. Le premier ministre Chenik tenta alors, en octobre 1951 à Matignon, de revendiquer une assemblée tunisienne plus représentative. Mais il en revint avec un texte renforçant plus que jamais le pouvoir de la France. C'en était de trop. En janvier 1952, les nationalistes passèrent à la lutte armée et furent emprisonnés par le Général de Hauteclocque, dépêché au plus vite. Tout comme en l'année 1943, où le Général Juin avait réprimé toute révolte, Hauteclocque menait un régime de terreur, après des grèves générales et des attentats, à Tunis. Ce fut dans cette extrême tension que commença ce que l'histoire appellera la bataille de 1952. De part et d'autre, l'irréparable fut commis. Les actes violents et les assassinats se succédèrent. Le colonel Durand fut assassiné au cours d'un attentat. Le service secret de la police française, la Main Rouge, commit des exactions. Les fellaghas du Destour coupèrent les routes, firent sauter des trains, attaquèrent des fermes. Bourguiba fut exilé, de nouveau à la Galite, petite île perdue au large de Bizerte. Ben Youssef, dauphin de Bourguiba, réussit à s'évader. Farhat Hached, syndicaliste cégétiste, plus que jamais conscience sociale de la classe ouvrière, abandonné par la gauche métropolitaine, devint alors dérangeant pour Hauteclocque et fut, lui aussi, assassiné en ce mois de décembre 1952.

Désormais, s'élevait le mur glauque et sournois de la haine et de la peur qui crée le racisme. Les exploitants agricoles nommés colons pour la cause, s'armèrent eux aussi, et les petits colons subirent pour les grands. Ils commencèrent à quitter le pays, suivis en grand nombre par les juifs, qui, bien qu'acceptés par un Néo-Destour, moderne et laïque, s'en allèrent vers leur nouvel état d'Israël. Les trois communautés, juive, musulmane, chrétienne furent à jamais disloquées, réduites, pour les plus humbles, à attendre la suite des événements qui s'accéléraient. Les années 1953 et 1954 ne furent pas plus paisibles avec la multiplication des attaques contre le système colonialiste. La France, beaucoup plus préoccupée par la guerre en Indochine, se résolvait lentement à la décolonisation, et s'y acheminait en laissant la Tunisie régler ses problèmes. Cette situation, de plus en plus difficile, s'apaisa pour se terminer par la reconnaissance de l'autonomie interne de la Tunisie, concédée par Pierre Mendès France, le 31 juillet 1954. La guerre d'Algérie, elle, commençait, encouragée par cette acquisition. La population européenne comprit, au fil des jours, qu'elle n'avait plus sa place sur cette terre tant aimée. Les plus fortunés partirent, les plus modestes crurent encore en la possibilité d'une vie, à peine différente, en cohabitation avec ce peuple si singulier.

Bizerte, encore préservée par ces départs, en raison de son statut particulier de base militaire, suivait les événements sans s'en mêler. Pour Fanny et Gina, ces deux années furent conséquentes elles aussi. Fanny commençait un concubinage des plus heureux avec François, tandis que Gina connaissait une misère noire. L'appartement de fonction avait dû être libéré, et faute de moyens devant le maigre et unique salaire, ils avaient emménagé dans le quartier le plus pauvre, relégué au fond du Ben Négro. Là, un vieux juif mal rasé, le nez fouineur, profitait de la misère cachée. Pour eux, c'était une grande pièce avec un évier, les deux autres servaient de chambres. Les fenêtres laissaient passer les mauvais courants d'air de l'hiver finissant, sans chauffage. Quelques masures, écorchées par le temps, occupaient cette plantation abandonnée en retrait de la route. De hauts peupliers frissonnants, des buissons épars, ornés de détritus, abritaient l'ensemble des regards trop curieux. Gina devait se débrouiller avec cette vie rudimentaire et un mari, de nouveau à la limite d'un alcoolisme avéré. Il se maintenait cependant, conscient dans ces moments lucides, d'une famille à élever. Gina s'évertuait à garder l'espoir, celui de moments meilleurs quand elle finit par trouver un emploi de vendeuse dans un nouveau magasin de grande enseigne. De la mercerie à l'alimentation, en passant par la lingerie, toutes sortes d'articles s'y vendaient, si bien, que les commerçants du passage couvert, en face, s'inquiétaient de l'affluence des visiteurs.

Malgré le mépris qui parcourait le visage de sa mère dès qu'elles se rencontraient, elle obtint d'elle de garder le garçonnet, le temps qu'il soit en âge, comme la grande, d'aller à l'école. Les beaux jours du printemps encore frais atténuèrent la rudesse des épreuves. Gina devait tout organiser et synchroniser : les enfants, le mari, le ménage, les repas, les horaires d'un travail éreintant, toujours debout. Sa jeunesse supportait comme elle le pouvait ce rythme effréné. Elle n'était plus que l'ombre d'elle-même, sans amour, ni réconfort. L'été, dont elle ne profitait pas, offrait ses longues soirées, lui permettait de souffler un peu, lui ôtait la froidure des lessives quand elle ne passait pas son temps à retirer, comme la voisine juive d'à côté, les poux dans les cheveux des enfants, dehors, à l'aide d'un liquide proche du pétrole.

Puis, les enfants allèrent à l'école ensemble, la grande assurant déjà sa fonction d'aînée. Un immeuble moderne, de quatre étages, finit de s'ériger non loin du second bac, plus près du tabac de Fanny et, Gina, avec son salaire, pût assurer enfin le loyer d'un appartement. Elle en était fière, d'autant que, malgré la difficulté des étages, tout était neuf, avec les commodités d'une vie décente. Sa mère, du coup, en devint plus compréhensive. Les choses s'ordonnèrent avec le temps, réconcilièrent, recomposèrent la famille pour les grandes fêtes. Fanny s'était attachée au petit garçon, le gardait le plus souvent chez elle, déchargeant ainsi Gina, d'autant que le nouvel appartement ne possédait pas de chambre d'enfant. L'aînée, plus réservée, dormait dans le séjour, suffisamment vaste, pour contenir un large lit et rechignait à vivre chez sa grand-mère.

Noël redevint une joie. François, dont les enfants avaient établi leur vie sur le continent, se retrouvait grand-père auprès de Fanny.

4

Le 20 mars 1956, la Tunisie obtint son indépendance et, le 25 juillet 1957, elle proclama sa république avec son premier président, Bourguiba, qui s'empressa de promulguer la libération de la femme tunisienne, en lui faisant ôter son voile, dernier signe de son asservissement aux traditions ancestrales. Une nouvelle vague de départs vida le pays de bon nombre d'européens. Seuls restaient ceux qui n'avaient aucune raison de partir, persuadés que cette terre de naissance serait aussi celle de leur mort, une mort sous le soleil des plages brûlantes de sirocco devant une mer implacablement bleue, face à cette France inconnue.

Gina, aussi, continuait sa libération progressive. Lasse de cet emploi de vendeuse, toujours à la merci des clients et aux réprimandes du chef de rayon, elle obtint un poste de caissière dans un cinéma. Il lui octroyait un salaire conséquent. Le matin, elle pouvait s'occuper de ses obligations de ménagère, seul, l'envers de la médaille résidait dans ses horaires du soir. Elle rentrait le plus souvent vers minuit, et quand elle ratait le dernier bac, elle devait prendre une barque de passeur. Certains soirs, elle pouvait rentrer plus tôt et, l'été, elle s'arrêtait chez Fanny pour récupérer son petit garçon. Ce qui lui valut, un soir de retard non prévu, et bien que trentenaire, une gifle magistrale de la part de sa mère. L'étrange affection dédaigneuse qui les liait, s'installa à nouveau entre elles. Il est vrai que des rumeurs parlaient du dévergondage de Gina. Elle était belle, de cette beauté mature entre la trentaine et la quarantaine, teinte en blonde, délaissée par son mari dans un milieu d'hommes, dans une société, qui s'émancipait tous les jours un peu plus, du diktat des interdits de la précédente génération.

La sienne commençait à mettre à mort les traditions, l'hypocrisie du qu'en-dira-t-on, la vieille morale et ses préjugés, dans un nouveau langage, un non-respect de l'autorité des parents, une façon de vivre venue se faufiler, avec facilité, de l'outre-Atlantique, et par le cinéma, lieu emblématique d'une nouvelle culture. La jeunesse s'identifiait, idolâtrait les stars de l'image. En cet été 1957, une horde de jeunes gens arriva de Tunis en scooter pour sillonner les routes et la ville de Bizerte, dernier bastion européen, pour imiter cette « dolce vita » affichée sur les écrans. La Tunisie n'avait rien à envier à la croisette de Cannes, elle regorgeait de jolies starlettes paradant en pantalon corsaire, décolletés vichy et lunettes noires sur les petits bolides vrombissants. Les plages déballaient leur belle nudité en bikini dans une insouciance rieuse et provocante, une insouciance empreinte d'une liberté, douteuse, pour les anciens, préoccupés par les événements politiques qui se bousculaient.

Gina, désinvolte, malgré sa charge familiale, tomba amoureuse d'un bel aviateur qu'elle retrouvait impunément au comptoir d'un café proche du cinéma. Elle abusait de cette situation en jouant le rôle de la femme libérée, fumait un peu trop et buvait « l'apéro » dès qu'elle avait une pause. Cette amourette prit alors une tournure plus grave quand elle dut faire un choix, celui de partir avec l'homme qui lui proposait une autre vie, même avec ses enfants, et celui d'abandonner un mari, toujours épris, mais pour qui elle n'éprouvait plus que compassion. Elle hésita une bonne année avant de considérer, torturée, qu'elle n'en avait pas le droit, fidèle seulement au père de ses enfants et à cet amour qui l'avait porté jusque-là. Elle laissa échapper cette opportunité, désabusée, triste et résignée. Jacques, qui avait pris peur, en pressentant l'éloignement de sa femme, se mit à envisager, lui aussi une autre vie.

Fanny se pliait au rythme de la vie de François. Il serait bientôt retraité ; Elle, envisageait déjà la vente de son commerce, dont elle savait qu'on lui en retirerait la licence, dans ce pays désormais indépendant. La vie continuait d'être douce sur ce rivage heureux. Le dimanche réunissait la tribu, l'hiver autour du repas de midi, bien souvent à l'odeur italienne, due aux origines de François, l'été avec des pique-niques improvisés, bien à la saveur du pays. Après la pêche, commencée très tôt le matin, et souvent fructueuse, François nettoyait le poisson qui ferait le repas du soir, puis il faisait monter toute la famille sur sa grosse barque, et là, selon l'état de la mer, ils rejoignaient le brise-lames. Devant l'ivresse de la liberté qui agitait tout son petit monde en cris, chicaneries, et fou-rires, il prenait une voix sévère pour répartir les charges de ses passagers au milieu des couffins de victuailles et des accoutrements de plage. Les adultes finissaient par contenir leur excitation pour assagir les enfants durant le trajet. L'eau du canal filait sous leurs yeux enchantés, tandis qu'ils dépassaient enfin l'abri des deux jetées, pour rejoindre par une mer à peine plus agitée, le brise-lames, convoitise tant souhaitée comme une île inaccessible.

Là, ils cherchaient le rocher idéal, un peu plat, plutôt sec, non loin d'un anneau d'amarre. La barque faisait des ronds dans l'eau claire, encore plus cristalline entre les blocs sombres, jusqu'à trouver le port adéquat. Ils criaient en posant leurs pieds sur la roche brûlante, cherchaient déjà la fraîcheur de la vague sous le soleil implacable, sous le ciel chauffé à blanc, parcouru de mouettes irréelles, dans cette mouvance horizontale de la mer et de la terre confondus. Le pique-nique trouvait vite une place à l'ombre, tandis que chacun se ruait, en maillot, le corps en partie immergé, sur le rocher le plus offrant en arapèdes qui s'avalaient tous crus, sitôt décollés. Puis ils ramassaient au passage des moules et quelques oursins, que François débusquait, muni de gants. Très vite, leurs épaules brûlaient sous les coups du soleil même s'ils s'aspergeaient souvent avec un plaisir sensuel. Le repas était un vrai festin après avoir dégusté l'anisette, presque salée, mais encore rafraîchissante, ce rituel de l'apéritif. Les enfants, toujours trempés par les vagues ou les bassins de mer entre les roches, mangeaient comme des petits ogres sous leurs chapeaux et leurs serviettes mouillées. Ces délices intemporels s'arrêtaient sur le débarcadère du retour à la réalité, avec la corvée du rangement.

Au printemps, la promenade s'orientait, tranquille, dans l'autre sens, au bout du canal qui arrivait sur le lac. Dans une baie, aux rives vaseuses, ils débarquaient sur un champ d'herbe plutôt rare, parsemé de pâquerettes, avec quelques vaches, à l'œil rond étonné, qui les observaient, plus haut, sur la colline. C'était le plus souvent aux alentours de Pâques, et cette année-là, ils avaient étalé une couverture à même le champ pour jouer aux cartes et au vieux loto dont les jetons de fer étaient toujours recomptés par Fanny afin de s'assurer qu'aucun ne fut perdu. Il fallait surtout occuper Benjamin, qui s'était cassé l'avant-bras gauche en jouant à l'intérieur du Moulin.

Le Moulin était ainsi nommé pour la mixité de sa population. Cet immeuble imposant, rectangulaire, derrière celui de Fanny, mais éloigné et séparé de la rue du bac, par un terrain vague, était un ensemble de logements de deux ou trois pièces qui tournaient autour d'escaliers de fer, raides et bruyants, à l'air libre, qui, eux, desservaient des grands halls au sol cimenté. Ce bâtiment de deux étages, refermé sur lui-même, ressemblait beaucoup plus à une prison avec des cellules autour, qu'à un immeuble tel qu'on pourrait le concevoir. Les émigrés espagnols, sardes, maltais ou siciliens, travailleurs pauvres et oubliés, les habitaient dans des conditions des plus précaires. Des « mammas » en tablier, volubiles et affairées surveillaient de loin leur marmaille. Les portes claquaient dans ces courants d'air permanents, appréciés l'été, mais bien trop froids l'hiver dans ces habitations sans chauffage.

Fanny, occupée par son commerce, acceptait de laisser les enfants rejoindre le lieu pour y jouer après l'école et le jeudi, non sans avoir proféré les habituelles menaces de tannées qu'ils prenaient, d'ailleurs, lorsqu'ils en revenaient sales, débraillés, ou en pleurs. Et bien que l'aînée veillait, il lui arrivait de succomber, elle aussi, aux jeux les plus dangereux surtout lorsqu'ils partaient en bande, plus loin encore, dans les marécages sablonneux. Dans ces cas-là, Fanny les battait à coup de savates, vielles mules qu'elle enfilait aux pieds dès qu'elle rentrait à la maison, au hasard des coups qu'elle donnait le plus souvent en l'air, sauf quand ils arrivaient sur les cuisses, et que les enfants esquivaient en courant dans tous les sens. L'été, ces mêmes tannées terminaient les siestes. Dans le silence obligatoire, en raison du traité beylical, curieusement, toujours en vigueur, la maison derrière les persiennes closes, mais la porte entr'ouverte sur le palier, pour le courant d'air, devenait un lieu où même les mouches n'avaient pas le droit de voler. Tandis que François dormait déjà dans le fauteuil de la salle à manger, Fanny obligeait les enfants à s'allonger près d'elle, sur le tapis parsemé de coussins pour avoir plus frais disait-elle. Dès qu'elle émettait un sifflement léger, les enfants, d'un coup d'œil complice, se levaient, alors qu'ils avaient feint l'endormissement quelques minutes plus tôt, et, s'arrangeaient pour rejoindre le palier. Ils jouaient sur les marches en toute tranquillité à n'importe quel jeu imaginaire. Mais rien ne se passait comme ils le voulaient, soit la porte grinçait, soit un bruit, mettait Fanny en éveil, et le véritable jeu commençait alors, mêlé aux fou-rires des gamins qui savaient pertinemment que, aux coups de savates évités, elle tenterait de les attraper pour les obliger de nouveau. Le manège recommençait avec la colère contenue de Fanny qui s'en mordait les lèvres pour ne pas crier.

Après la sieste, elle finissait par les amener à la plage. Sur le bitume fondant, les enfants, en maillot de bain, une serviette sur les épaules, traînaient Fanny, déjà en sueur, un mouchoir mouillé, aux quatre coins noués sur la tête, comme le faisaient les Tunisiens. Ils effectuaient huit cent mètres, environ, sous le soleil, pour rejoindre, par les chemins ensablés de quelques villas, la petite plage où les gamins du Moulin plongeaient et replongeaient, à cheval sur une grosse chambre à air de pneu de camion. C'était la grande fête pendant deux heures. Seuls, des corps et des têtes émergeaient régulièrement de ces plongeons sans fin, jusqu'à l'épuisement, dans les rires et les rejets d'eau, tels des animaux aquatiques. Au retour, la peau salée, les cheveux encore mouillés, ils arrivaient tout juste à suivre Fanny. Les autres rejoignaient le Moulin, les siens réclamaient déjà les petits beignets du marchand, appelés « bombolonis », juste en bas de la maison, et, les lèvres recouvertes de cristaux de sucre, ils reprenaient des forces.

5

Le temps s'étirait, tranquille, tandis que Jacques paraissait se recroqueviller, s'abandonner à ses chimères enfermées derrière son regard bleu. En fait, il était très inquiet depuis qu'il se savait en sursis aux Travaux Maritimes, résignés à fermer, depuis l'indépendance du pays. Il se dit soudain que c'était là, peut-être, l'opportunité de quitter cette terre avec femme et enfants. Il se mit à écrire fébrilement à toutes les compagnies qui offraient du travail, même à l'étranger. En ce début de l'année 1959, un jour, triomphant, il brandit la réponse tant attendue. Personne ne crut à ce qu'il racontait. Pourtant, la lettre était bien la confirmation d'un emploi en Afrique Occidentale Française, comme chef de chantier. Sous conditions d'admission définitive, après trois mois d'essai, la famille pouvait le rejoindre, tous frais payés. Si Jacques jubilait de son exploit, Fanny et Gina, sans pour autant le démotiver, ni l'exprimer, furent soulagées de ce délai de trois mois, et n'en pensèrent pas moins : on verrait bien d'ici là ! Il fallait aussi que les enfants terminent leur année scolaire et que Jacques sache exactement dans quelles mesures l'aventure était vivable pour eux.

Il s'en alla en ce printemps radieux, très ému de quitter les siens, de se retrouver face à lui-même, étonné de sa propre audace. Ses lettres arrivèrent régulièrement pour rassurer tout le monde, accompagnées de photos qui, écrivait-il, étaient bien le reflet de ce qu'il avait imaginé, de cette

Afrique avec l'exotisme d'une maison sur une grande concession, avec des boys à leur service, des expatriés couverts du casque colonial, avec femmes et enfants malgré la brousse environnante. Tout semblait parfait, malgré les doutes de Gina, qui n'avait d'autre choix que de le rejoindre, puisqu'une bonne partie de la population des français de Tunisie quittait le pays par vagues successives. Après les démarches administratives et les vaccinations qu'il avait fallu accomplir à Tunis, Fanny prit conscience du départ définitif de sa fille et de ses petits-enfants, en pleurant abondamment. Elle les quitta désespérée, rejeta toute sa tristesse en s'occupant plus que jamais du petit chien noir qu'ils étaient obligés de lui confier, perdue de ne plus avoir à se soucier, désormais, de sa tribu, d'autant que son débit de tabac venait d'être acquis par un tunisien.

Elle savait seulement qu'une page importante de sa vie se tournait. Le mal-être de cet amour maladroit qu'elle éprouvait pour eux la rendait malheureuse. Pour ne pas sombrer dans l'inactivité, qui entraînait aussi de moindres revenus, elle se lança dans la confection de pulls, écharpes, bonnets, layettes qu'elle tricotait fébrilement à longueur de journée assistée de plus en plus souvent par la sœur de François, Mariette, veuve de longue date. Mariette, grande et belle femme, bien en chair, restait encore à Bizerte, car elle ne s'était pas résignée à rejoindre une France, qu'elle ne connaissait que trop peu, elle aussi, rassurée par la présence de son frère et de Fanny qu'elle considérait comme sa belle-sœur.

Lorsque Gina se retrouva dans l'avion avec ses deux enfants, elle regarda Marseille s'éloigner sous elle, étonnée de la tournure de son destin. Elle se laissa, une fois de plus emportée, en songeant qu'elle verrait bien où ce voyage l'amènerait, elle et ses enfants, dociles et bien élevés, somme toute. Ils découvrirent cette Afrique-là, en pleine saison des pluies, dépourvus de cirés et de bottes, mais pas vraiment gênés, de cette déconvenue, d'autant qu'une espèce de chaleur vaporeuse, inconnue pour eux, accompagnait ce déluge. Ils durent attendre le lendemain pour rejoindre leur véritable destination, à bord d'un « coucou » qui représentait à lui seul la grande aventure !

Au bout de la piste de boue rouge, qu'il avait lui-même dégagée, peu de temps auparavant, se tenait Jacques, habillé d'une chemise blanche et d'un short couleur kaki, le casque colonial sur la tête. Gina se souvint aussitôt de ce film avec Clark Gable, qu'ils avaient vu ensemble au cinéma, mais Jacques, de plus près, était un Clark Gable plutôt amaigri. Son Jacques les serra tous les trois ensemble dans ses bras, avec une émotion empreinte de fierté, incapable de dire un mot.

Barnabé, le chauffeur, s'empressa de les faire monter à bord d'une camionnette, à demi bâchée, en cas de pluie, les trois adultes devant, les enfants, derrière, déjà coiffés du casque obligatoire, au milieu des valises. Tandis que les enfants riaient comme des fous, les yeux grand-ouverts sur un rêve éveillé, les adultes, dans la cabine, n'arrêtaient pas de bavarder, Gina contre le corps de son mari, ivre de joie. La brousse défilait, pauvre et sèche, à peine ragaillardie par la pluie. À un kilomètre plus loin, ils arrivèrent dans le village de leur nouvelle vie, où les cases en banco, serrées les unes aux autres, se tenaient à l'écart d'une rue principale bordée de quelques maisons européennes entourées de terrains nommés concessions. La leur, paraissait toute petite au fond d'une grande concession que Jacques avait bien ordonnée et dotée d'arbres malingres, presque incongrus dans ce paysage semi-désertique. A l'entrée, sur la gauche, une piste était signalée par un panneau fléché indiquant la ville de Gao, à quatre cents kilomètres. En parallèle, se tenait un fort immense, en banco, qui abritait le commandant de la région.

C'était sans doute la raison pour laquelle elle apparaissait plus petite que les autres, cette maison rectangulaire, légèrement surélevée par les quatre marches d'un perron couvert, soutenu par un seul pilier. Il permettait la présence d'un unique fauteuil de toile, qui promettait, le soir, un peu d'air dans cet angle cassé. La porte d'entrée donnait directement sur la pièce principale, prolongée à gauche par un petit couloir qui desservait les deux chambres et la salle d'eau. Mais en face de l'entrée, une autre porte s'ouvrait sur la grande surprise de Jacques. Il avait obtenu la construction d'une cuisine sommaire, tout en longueur, avec une grande terrasse, qui agrandissait d'autant le rectangle de la maison sur l'arrière. Là, des marches descendaient sur la suite de la concession occupée par l'habitation du gardien. Jacques avait même pensé la création, en argile, d'un four à pain, car le pain était introuvable dans cette contrée. Gina allait de surprise en surprise, à la perspective du travail qui l'attendait en l'absence de si peu de confort. Mais les « boys » étaient là pour l'aider, précisait, toujours, Jacques, tellement heureux de retrouver enfin sa famille, d'être taquiné et câliné par ses enfants. Il les prévint aussitôt de l'interdiction absolue de boire de l'eau au robinet sous peine d'avoir d'horribles maux de ventre qui les conduiraient immédiatement à l'hôpital, bien trop loin pour les soigner. L'eau, dont il fallait user avec parcimonie, était acheminée par des hommes, le soir, - il ne leur précisa pas que c'était des prisonniers chargés de le faire- et pompée jusqu'à la citerne surélevée au fond du couloir, sur laquelle se cachait le chat noir, des précédents occupants de la maison, qui avait refusé de les suivre.

C'était bien la saison des pluies, mais tous les soirs, cette année-là, des orages secs, accompagnés de vents violents noircissaient et zébraient le ciel sans pour autant apporter cette eau bienfaitrice qui les auraient rafraîchis dans cet enfer de chaleur. Lorsque la pluie tombait enfin, elle se déversait et courait sur une terre rouge, déjà craquelée. Gina, comme tous, suait toute la journée à enseigner aux boys un minimum d'ordre et de propreté dont ils n'avaient aucune notion, habitués à vivre sur ces ronds de terre battue qui leur servaient de case. Elle finissait par tout faire elle-même, à s'épuiser autant sur le ménage qu'à la cuisine qu'elle tentait de rendre agréable. Les quelques marchands qui se présentaient, vendaient de la viande séchée ou trop fraîche, et des racines qu'elle ne savait trop comment cuisiner. Elle finit par se contenter comme les autres européennes du village, des denrées qu'elle allait chercher avec Barnabé, une fois par mois, à un peu plus de cent kilomètres du lieu, à une ville frontalière du Nigeria. Elle ramenait beaucoup de riz, de farine, d'huile, de café, de lait en poudre, base essentielle de l'alimentation française. Jacques, lui, se débrouillait pour négocier, en brousse, des poulets, ou du gibier local. Le pain n'était mangeable que le temps d'une journée, car Gina, bien que bonne cuisinière ne possédait pas la recette de sa fabrication et de sa cuisson, même si elle avait, tant de fois, vu, Hanoune, le pétrir et le cuire. Elle abandonna la partie en bavardant avec les autres femmes à qui elle avait été présentée lors de la réception du 14 juillet.

C'était une vraie réception, quelque peu mondaine, avec

les deux commandants de la circonscription. Toutes les familles étaient représentées par les différents corps de métier, comme dans le jeu des sept familles, le gendarme, le médecin, le vétérinaire, le géomètre, le puisatier pour la compagnie hydraulique, son mari pour les travaux publics, et puis le commandant. Le seul sans famille, était bien sûr, le curé. La plupart des femmes allaient et venaient en France, seule la femme de l'hydraulique était là en permanence avec des enfants bien plus âgés que ceux de Gina. Elles se lièrent par le fait de l'exil. Elles échangeaient ainsi leur savoir-faire de couturière et de cuisinière, proche de la méditerranée.

Le deux octobre 1959, une éclipse solaire totale eut lieu au grand étonnement de chacun, mais le plus émouvant fut de constater avec quelle angoisse les nigériens vécurent cet instant-là. En matinée, à l'heure où le soleil était déjà très haut, toute la nature s'immobilisa dans un silence impressionnant, au fur et à mesure de sa disparition derrière le voile noir de la lune. Tous les autochtones, mués par une peur viscérale, se prosternèrent face au sol en une grande prière muette, jusqu'à ce que l'astre tant vénéré ressurgisse. Après ce silence de fin du monde, retentirent alors tous les youyous de joie lancés par les femmes.

L'épouse du commandant condescendait à recevoir les enfants de Gina, uniquement pour occuper les siens, délicats et aseptisés, venus pour les grandes vacances. Ils vécurent près d'un an en accord avec l'hydraulique, à partager des fêtes traditionnelles françaises, jusqu'à ce que cette famille s'en retournât en partie pour la France. L'aînée épousait un ingénieur rencontré ici-même, et Paulette, leur vigoureuse maman, préférait assurer les études des plus jeunes, tandis que le père était muté en ville. Jacques se retrouva donc promu à la charge aussi, de l'hydraulique. Ils emménagèrent dans la nouvelle maison à peine plus confortable, mais plus grande, plus ouverte par des baies vitrées, à la lisière du village indigène, et surtout proche de l'école. Les enfants n'avaient aucun problème d'adaptation, apprenaient assis sur les nattes étalées sur le sol cimenté comme les autres enfants, différenciés seulement par leur blondeur et leur peau blanche. À la récréation, sans même que Gina le sache, ils jouaient à même la terre en mangeant des boulettes de mil, pimentées, sans être malades pour autant.

Cet exil obligeait Gina à analyser les sentiments qui l'agitaient, confrontée, surtout dans les nuits africaines, à sa grande solitude. Après avoir couché ses enfants, elle refaisait encore une fois le tour des moustiquaires, pour vérifier si aucune bestiole ne rôdait autour, ou dans la chambre, près des clayettes des fenêtres. Son mari, épuisé par la chaleur sur les pistes, et le trop-plein de bières censées le rafraîchir, s'endormait très vite. Elle prenait une douche de cette eau tiède et rougeâtre qui arrivait péniblement du tonneau, dehors, arpentait les deux varangues de chaque côté de la maison, s'asseyait sur un fauteuil de toile et fumait une cigarette. Le gardien avait l'habitude de voir la *maïguida* traîner sans raison, le soir. Alors il lui faisait un signe avant de rejoindre sa case, rassuré de la savoir là, surgissant, la nuit, au moindre bruit. Il la respectait, pensait qu'elle n'avait jamais peur, qu'elle était courageuse, peut-être même, les protégeait-elle des zombies. Gina, très lasse, attendait que son corps s'apaisât après la grosse chaleur de la journée, s'émerveillait, les nuits de pleine lune, sur cet astre qui lui paraissait si proche, sortie de cette voûte céleste où les constellations fourmillaient. Elle s'étonnait d'être là, s'attendrissait sur ses enfants si sages et même sur son mari qui avait tenté par son exploit, de la reconquérir. Non, ce n'était plus de la compassion qu'elle ressentait pour lui, bien qu'elle en ait eu quelquefois, mais un amour presque aussi fort que celui qu'elle avait pour ses enfants, qu'elle savait indestructible, désormais. Dans ses incartades ou ses amourettes, elle avait en vain recherché la protection qu'il ne pouvait lui offrir, et cette pulsion de vie dans le désir d'un corps attirant. Elle s'attardait quelquefois sur la nostalgie de son pays, pensait à sa mère si mystérieuse sur sa naissance, se promettait de lui faire avouer, un jour, la vérité, mais, résignée, allait se coucher, refermée à nouveau sur la réalité de ses responsabilités.

Elle surveillait la santé de Jacques, qui, bien que plus sage sur l'alcool, le supportait moins et maigrissait sous la chaleur. Elle cousait des robes pour sa fille, en avait confectionné une dans une sorte de tulle-plumetis bleu ciel dont elle était fière. Fière aussi de savoir recevoir les ingénieurs qui passaient par là, souvent pour inspecter le travail de son mari, et contents de repartir le ventre repus d'un repas trop copieux mais savoureux que Gina leur avait préparé.

Le curé du village s'était mis en tête de les marier religieusement. Jacques, hermétique à toute pratique, confondu entre le protestantisme de sa mère et le catholicisme de son père, ne refusait pas de faire plaisir à sa femme, peu convaincue elle-aussi de l'utilité de cette cérémonie. Ils finirent par accepter, pour satisfaire cet homme qui, en fait, tenait, ainsi, à remercier Jacques de son aide pour avoir pu le guider dans la construction de sa petite église, adorable de simplicité. La cérémonie eut lieu emplie de l'émotion des mariés, timides et réservés sous les quelques bravos des chrétiens nigériens, ravis d'inaugurer leur lieu de culte par un mariage. Ils paraissaient très amoureux, à les observer, quand ils échangèrent un regard étonné sur leur propre sérénité.

Fanny, en Tunisie, lut l'événement les larmes aux yeux. La suite de la lettre indiquait aussi que le contrat de Jacques se terminait en fin d'année, que de ce fait Gina reviendrait avec les enfants, le temps pour lui de repartir au Mali sur un nouvel engagement.

Leur temps n'était pourtant pas fini. Le Niger parmi les premiers pays à être décolonisés, fêta son indépendance le 3 Août 1960. Tout le village fût en effervescence. Blancs et noirs organisèrent les festivités et malgré certaines hostilités, ils réunirent tous les chefs des différentes ethnies en un tourbillon de manifestations locales, bigarrées et folkloriques. La journée se termina par une fantasia de dromadaires et de chevaux, des réceptions de part et d'autre chez les deux commandants de la circonscription.

Après l'examen du Certificat d'études passé sans problèmes par Marie-Jeanne, la saison des pluies fut très éprouvante cette année-là. Un déluge permanent s'abattit sur la région rendant impraticable la plupart des pistes, faisant de chaque parcelle de terre un bouillonnement de boue rouge. La pluie les obligeait à patauger difficilement avec des bottes, à rester immobiles de longues heures, ce qui compliquait le moindre échange avec les voisins. La terre craquelée avait du mal à absorber le trop plein d'eau mais dès que la pluie s'arrêtait deux ou trois jours, des marigots se formaient laissant surgir de minuscules poissons-chats, à la grande surprise des enfants. Les gros orages du soir, couleur anthracite, gonflés du sable ocre saharien, donnaient à l'atmosphère un air de fin du monde, ponctué de silences et de grondements effrayants. La nature espérait, attendait, retenait son souffle. Les humains ne savaient plus alors ce qui faisait leur bonheur : la pluie ou le soleil ? Cette éternelle interrogation qui faisait d'eux de pauvres êtres, abandonnés à leur sort.

A l'arrivée brutale de la chaleur, ils oublièrent les bienfaits de la pluie. La rentrée scolaire les rapprocha du départ, tandis que Benjamin, insouciant, s'amusait encore des récréations avec ses jeunes amis, Gina et sa fille s'impatientaient sur ce retour à une vie plus normale, plus confortable. Les derniers jours, les malles déjà prêtes, elles déchantèrent à l'idée de quitter ce monde si attachant, qui, somme toute, leur avait apporté tant de moments cocasses et chaleureux. Elles savaient aussi que d'autres événements les attendaient, un peu plus haut sur la carte de ce bout d'Afrique, inconnus pour l'instant.

La plus impatiente était Fanny, heureuse de rompre avec la monotonie de sa vie trop tranquille sans sa petite famille. Privée désormais de son commerce, et surtout de la bande d'amis, à jamais disloquée, définitivement éparpillée sur le continent, Fanny et François se retrouvaient à la limite de l'ennui. La vente de son bureau de tabac représentait un capital qui serait vite anéanti s'ils continuaient à y puiser. Elle eut alors l'idée de poursuivre la vente officieuse de ses tricots en achetant une de ces nouvelles machines à tricoter. Les pulls se fabriqueraient plus vite et la demande était là. Elle avait pensé à tout, mais n'avait pas évalué la haute technicité de l'engin. François s'affaira sur la question en tant que technicien mécanicien. Le plateau d'abord qu'il fallait bien asseoir sur ses pieds, le chariot qui devait ouvrir et fermer les minuscules crochets des petites aiguilles réparties dans chaque rainure du plateau, en fonction du nombre de mailles. Réfléchir à chaque point employé qui décidait de l'emplacement de ces aiguilles, intercalées ou pas. Chaque essai était une gageure : compter, décompter, passer le chariot, recommencer. Lorsque François finit par dominer la notice, après moult disputes sur le raglan, les diminutions, les échantillons de jersey, Fanny déclara forfait, le désigna comme le seul exécutant d'une technique qui la dépassait et dont elle n'aurait jamais la maîtrise, faute de patience. Quelque peu vexée par son habileté, elle se contenta d'assembler et s'adonna au crochet, en concurrence avec Mariette.

Gina revenait donc au mois de Janvier afin que Marie-Jeanne puisse reprendre ses études et laisser les enfants à Fanny, le temps pour Jacques d'attendre son nouveau contrat au Mali. C'était la seule solution envisagée avant de retrouver la stabilité familiale dans cette nouvelle destination. Gina s'arrêta quelques jours en France, afin d'aller rendre visite aux parents de Jacques, ceux qui voulaient bien encore d'eux, c'est à dire, la famille de son cousin germain. Ils passèrent deux jours en compagnie de Marianne et de son mari, installés à Marseille depuis si longtemps, et si modestement, qu'on en oubliait souvent leur existence.

Leur retour chez Fanny et François fût des plus heureux bien qu'il fallût pourtant accepter la séparation de Gina qui repartait à Marseille, censée attendre son mari et travailler pour renflouer un peu les finances malmenées par cette désorganisation temporaire. Mais Gina savait qu'ainsi, ses enfants seraient à l'abri de toute pénurie. Les enfants, eux, s'en accommodèrent, sans trop de chagrin, certains de retrouver très vite leurs parents. D'ailleurs, ils reprirent le chemin de l'école et du lycée comme leurs bonnes habitudes passées dans les plaisirs de la mer et les gâteries de Fanny.

Le printemps radieux, annonçait déjà par des jours plus chauds qu'à l'accoutumée, un été prometteur.

6

Tandis que Fanny retrouvait tous les caprices de ses petits-enfants, Gina désespérait, dans un emploi d'aide - soignante, dur et laborieux, de reprendre une vie familiale normale. Jacques restait flou sur l'acceptation de sa société à la venue de sa famille, et pour cause, le Mali, ancien Soudan, expérimentait sa toute nouvelle république en la personne de Modibo Kéïta bousculé dans ses fonctions par une politique anticolonialiste. Aussi, dans les mois qui suivirent, toutes les sociétés européennes décidèrent de quitter le pays, et Jacques dût rentrer précipitamment. Ils se retrouvèrent à Marseille en grand désarroi.

Alors que l'Algérie, ensanglantée par des attentats de plus en plus meurtriers, s'enlisait dans une guerre civile sans issue, la Tunisie semblait à l'abri de tout mouvement insurrectionnel, et ce, malgré quelques manifestations néo-destourienne dans la ville de Bizerte. La faible population européenne qui y restait, se maintenait en bonne entente avec les tunisiens. Mais c'était négliger la position géopolitique de la ville de Bizerte, qui, malgré des accords, reprenait son importance historique de base stratégique avec son arsenal antiatomique et sa base aérienne, toujours propriétés de l'armée française.

En cette mi-juillet de l'année 1961, Fanny, François et les enfants profitaient pleinement des bienfaits de la mer dans une villa sur la plage. Parmi les amis qu'ils avaient depuis leur retraite, certains habitaient la ville, d'autres étaient restés fidèles à leur quartier et demeuraient plus que jamais solidaires entre eux. En rendant le service d'habiter la maison d'un couple, le temps de leur absence, Fanny et François bénéficiaient ainsi d'être au plus près de l'eau. Ils étaient ravis de contempler le lever du soleil, de voir les enfants se baigner toute la journée, pleins de santé, et les regarder manger ce que Fanny cuisinait avec plaisir. Cette vie toute simple, rythmée par la pêche de François, les baignades et les promenades des enfants, insouciants et heureux, les rassuraient dans l'attente incertaine du retour de leurs parents. Mariette leur rendait visite le dimanche, les informait des nouvelles. Ce dimanche-là, elle arriva pour le déjeuner, et les alarma par les rumeurs qui circulaient depuis à peine deux ou trois jours sur les incidents survenus à l'aérodrome de Sidi Ahmed, tout près de l'arsenal. On parlait d'une mésentente diplomatique grave entre la France et la Tunisie pour quelques arpents de piste d'aérodrome. Ils en discutèrent suffisamment pour en conclure qu'il valait mieux en tant que Français, se faire discrets en rejoignant leur domicile dans un premier temps, afin de ne pas s'exposer. Mariette rentra chez elle. Fanny et François, sans même prendre le temps de préparer les enfants à cette nouvelle situation, rangèrent leurs affaires et quittèrent la villa le lendemain.

Le jour même de leur retour dans l'appartement, alors que Fanny terminait de mettre de l'ordre après le déjeuner, des avions survolèrent la colline, au loin, et, depuis la fenêtre de la cuisine, ils purent voir en sortir d'épaisses fumées accompagnées de fortes détonations. Après un silence peu rassurant, ils virent arriver des troupes tunisiennes le long du canal. Ce défilé d'hommes très jeunes, paraissait peu expérimenté, voire déboussolé, sous les ordres. Cette colonnade partît en direction de Menzel, à la grande stupéfaction de la population qui les regardait. Affolés par cette démonstration de force, les habitants rentraient chez eux. Fanny crut bon d'aller demander à ses voisins du commissariat, en bas, quelques explications. Ils échangèrent quelques propos en arabe qui la confortèrent dans l'idée qu'il valait mieux aller s'abriter en centre-ville chez des amis. François, qui n'obtenait rien de bien tangibles en informations, à la radio, sinon celles très vagues, de brouilles diplomatiques entre la France et la Tunisie, fût chargé de faire un aller-retour chez les Bariani pour savoir si un hébergement était possible. Fanny remplit à la hâte quelques affaires utiles dans une valise et des vivres dans deux couffins. Dès que François revint, ils fermèrent l'appartement et partirent avec les enfants.

Louis et Suzanne les accueillirent, les rassurèrent du mieux qu'ils purent devinant la panique de Fanny face à la responsabilité d'avoir en charge ses petits-enfants. Ils reçurent quelques coups de fil qui présageaient d'autres hébergements pour le lendemain. Mariette, qui n'habitait qu'à cinq cents mètres de là, promettait de se calfeutrer chez elle. Dès le matin, trois couples arrivèrent. Une grande discussion commune sur l'organisation et le devenir de tous anima la matinée, jusqu'à ce que l'apéritif, pris sur la terrasse de ce grand appartement, détendît un peu l'atmosphère. A la fin de ce repas convivial, la joie et la bonne humeur reprit le dessus au point de leur faire oublier que des avions de reconnaissance, en plein milieu de ce jour d'été éblouissant, survolaient la ville. Dans leur insouciance provisoire, ils se mirent à leur faire signe sans imaginer un seul instant que leur geste était un affront pour les soldats tunisiens déjà postés, mitraillettes au point, dans les bosquets du jardin public, juste en bas. Une rafale de balles fusa sur les murs, l'une d'elles frôla l'épaule de Louis, une autre se planta sur le mur, pas loin de la tête de Benjamin. Ils eurent tous le réflexe de s'aplatir au sol et de ramper jusqu'à l'intérieur. Fanny tremblait de tous ses membres en serrant un petit Benjamin blême de peur. Louis donna l'ordre de se réfugier dans le couloir, ce qui les protégeait de deux murs face à cette attaque. La panique passée, ils réconfortèrent Fanny et l'enfant, se donnèrent pour consigne de ne plus bouger. Plus tard, les hommes décidèrent, en rampant, de s'approcher des fenêtres, afin de fermer les volets, le plus discrètement possible.

Puis ce fut la pénombre dans cet appartement chauffé par cet été implacable dehors, sous ce bleu immuable, ce bleu qui réapparaissait dans l'esprit de Fanny sous l'odeur des bombes. Une Fanny, paralysée, qui devenait mère de ce Benjamin tremblant, contre sa poitrine. Elle ressentait bien la présence de ses amis, leurs tentatives pour distraire les enfants, mais elle était ailleurs, convaincue que tout recommençait. Les détonations subites sous les coups des bazookas, les rafales des mitrailleuses, les explosions les tenaient en haleine, les réduisaient à la survie. La ville était sûrement détruite, l'eau et les denrées manqueraient. La peur les rationnait de toute façon dans cette incertitude, privés de toute nouvelle sur cette guerre inconnue qui franchissait un cap, pour autant sans commune mesure avec celle qu'ils avaient vécue il y a si longtemps. Non Pas si longtemps que ça, pensait Fanny. Et à force de veiller, d'écouter, de retenir leur respiration dans les silences douteux, ils finissaient les uns après les autres, par s'assoupir. Parce que les chuchotements dans les silences, avortons de conversations, devenaient inutiles dès qu'une détonation ou un claquement de balle se rapprochait. Fanny reprenait son cauchemar, le même, celui qui l'empêchait de sortir de cette grande maison avec cet homme hideux qui bloquait la sortie. Ils vécurent quatre jours, pris en otages, en alerte au moindre bruit furtif, à tenter de deviner l'assaillant jusqu'à ce qu'une voix, en début de l'après-midi du quatrième jour les tétanise. Elle avançait sur un bruit de bottes. Ce n'était pas pour les rassurer ! Mais elle était française, avec cet accent du continent si différent du leur ! Les hommes s'interrogèrent du regard. Louis, le plus âgé d'eux tous, prit la décision d'ouvrir la porte d'entrée sans s'avancer et cria :

— Qui est là ?

Le soldat enclencha sa mitraillette. Chacun retint son souffle.

— Nous sommes une famille française, dit encore Louis.

Le soldat vint jusqu'à eux. Il s'approcha, jeta un rapide coup d'œil pour s'assurer des occupants, et d'une voix très basse expliqua :

— Nous sommes à la recherche des derniers tireurs isolés, la ville est délivrée, le cessez-le-feu est décrété mais ne sortez pas avant demain pour plus de sécurité ! Allez ! Enfermez-vous !

Louis était encore pâle sous le coup de son audace, mais le dos à la porte refermée, il sourit et tous poussèrent un ouf de soulagement.

Quatre jours avant, Gina quittait leur modeste meublé à

141

Marseille. Il était six heure trente. La rue sentait cette humidité du matin et ses mauvaises odeurs de poubelle, mais le ciel était bleu, la chaleur en attente. Elle accéléra son pas pour ne pas rater le bus qui l'emmenait tous les matins, jusqu'à la clinique. Elle prit un siège encore libre, c'était toujours un petit repos de plus pour ses jambes qui ne s'arrêteraient que très peu dans la journée. Fatiguée, malgré son sommeil sans rêve de la nuit précédente, elle regardait, sans le voir, défiler le parcours habituel du bus. Premier arrêt. Elle les comptait machinalement. Deuxième, devant le kiosque à journaux. Son regard lut en gros titre : BIZERTE ! Non, elle relut : La bataille de Bizerte. Le bus redémarra. Ce n'était pas possible. Elle chercha du regard un éventuel lecteur du Provençal. Personne. Arrivée à destination, pas un seul kiosque en vue. Elle se précipita dans la salle des aides-soignantes. Elle n'avait pas le temps. Tout en enfilant sa blouse blanche, propre et repassée, elle demanda à sa collègue si elle savait une quelconque information sur la Tunisie. À sa grande stupéfaction, celle-ci lui répondit :

— Justement, j'ai pensé à toi, mais ne t'inquiète pas pour tes enfants, l'armée française est arrivée sur les lieux. Tout ira bien, tu verras !

Elle avait beaucoup trop de tâches urgentes à accomplir, malgré l'inquiétude qui la gagnait tout au long de sa longue journée. La toilette des malades, les pansements, les températures, avec les désinfections des chambres vacantes, pour terminer, qu'on lui avait confiées pour sa méticulosité, son sérieux dans le protocole. Par chance, elle n'était pas de garde ces jours-ci, et elle avait hâte de rejoindre Jacques. Elle s'enfuit de la clinique vers dix-huit heures. Elle s'arrêta à l'arrêt du kiosque. Elle acheta le journal qui donnait le plus d'informations, puis rentra dans le premier café sur le chemin du retour. Effarant ! Pour quelques arpents d'aérodrome, Bizerte était à feu et à sang ! Elle avala son breuvage panaché tant elle avait chaud, plus chaud que d'habitude, alluma une cigarette et se mit à lire avidement, ce qu'elle ne prenait jamais le temps de faire sur un quotidien. La seule chose qui la rassurait, était qu'elle savait sa mère suffisamment connue et dégourdie pour lui faire confiance. Elle rejoignit Jacques qui arpentait le petit espace du meublé, une cigarette à la main. Il avait su lui aussi. Ils se retrouvaient pantelants tous les deux, à ne savoir que dire. Elle eut soudain une idée :

— Je sais ce que nous allons faire ! Le mieux serait d'aller manger un sandwich à la brasserie, celle qui possède la télévision, au coin de la rue Paradis, et là nous regarderons les actualités du soir, nous pourrons mieux nous rendre compte de la situation avec des images.

Ils ne parlaient pas, impatients. Ils avalèrent leurs sandwichs à la hâte comme s'ils avaient peur de perdre la moindre information. Jacques tentait de relire le journal. Puis ce fût les images horribles d'une petite ville qu'il connaissait tant, avec des soldats en embuscade, des Half-tracks dans les rues, des magasins aux devantures soufflées, des mitrailleuses derrière des sacs de sable. Puis plus rien. Rien qui pouvait leur en raconter plus sur leur famille. Abasourdis, sonnés, ils rentrèrent tristement. Ils répétèrent les mêmes gestes durant quatre soirs. Et l'affaire fut réglée. Plus personne ne parla des événements, on annonçait le rapatriement des ressortissants français, la fin des hostilités en fonction des accords politiques et le nombre de morts

dans les armées, très nombreux chez les tunisiens. Le cinquième jour, après ces nuits sans sommeil, dans cette chaleur de l'été, ils reçurent un télégramme :
— Tout va bien. Nous sommes chez Suzanne. Baisers.
Quelques jours plus tard, ils purent se parler, laconiquement, mais la seule chose qui leur importait était d'entendre enfin la voix de leurs enfants.
Les enfants avaient presque oublié ces turbulences. Ils ne songeaient qu'au fait des vacances gâchées, d'autant qu'ils se retrouvaient sagement en pension chez les Bariani. Fanny et François avaient vite compris qu'ils ne pouvaient plus rester isolés sur l'autre rive. Suzanne leur avait indiqué un appartement vacant à l'étage en dessous, leur avait conseillé de l'occuper au plus vite avant que les autorités ne prennent des décisions plus radicales sur les français qui voulaient encore rester en Tunisie. Seuls les ressortissants ayant un lien quelconque avec les militaires ou les techniciens de la base se trouvaient dans l'obligation d'être rapatriés. Et tous les colons, les commerçants, les affairistes aussi, bien sûr. Tous les autres étaient bien contents de rester sur cette terre où ils avaient grandi, travaillé, aimé, persuadés que la politique et même ces graves événements, ne changeraient rien à ce lien intime.

Mais leurs amis partaient en grand nombre, la plupart déchirés de devoir tourner définitivement cette page de l'histoire, et celle de leur vie. Bizerte se vida alors progressivement de sa culture cosmopolite, si typiquement méditerranéenne, emportant avec elle la joie de vivre et la magnificence de ces étés bleus. Il n'y avait pas assez de larmes sur les bastingages des paquebots pour exprimer cette déchirure et ses regrets.

La vie reprit son cours normal, avec le vide de ce désastre, cette méfiance nouvelle dans les gestes et les paroles. Le désarmement se poursuivit laissant place à une économie au ralenti, privée d'espoir, sous le ciel gris de l'hiver, qui ne réparait ni les dommages, ni les cœurs brisés à jamais.

Fanny et François se trouvaient à l'étroit dans ce nouvel appartement. Ils s'empressèrent donc, six mois plus tard, d'en prendre un autre au dernier étage, en angle de rue, qui leur offrait une vue panoramique sur le centre de ville et un petit regard sur le canal, à droite. Les pièces étaient beaucoup plus spacieuses, autour d'un couloir en L. la grande cuisine donnait sur une grande terrasse qui leur permit, dès les beaux jours de profiter des repas en plein air. Ils étaient ravis d'avoir trouvé l'habitation idéale pour cette nouvelle vie. L'affairement sur la décoration, les occupations qu'engendraient cet emménagement leur permettaient aussi d'oublier que les parents des enfants n'étaient toujours pas là pour reprendre en main leur éducation qui s'avérait de plus en plus compliquée surtout avec l'adolescence de Marie-Jeanne.

La guerre d'Algérie se terminait elle aussi par son indépendance, sauvagement gagnée dans la violence et les exactions de tous ordres. Des milliers de morts, l'exode d'une population, à jamais déchirée sous le choc indicible de la fin d'une histoire, achevait l'écartèlement d'une culture désormais perdue.

Quelques mois plus tard, Fanny apprit qu'en dépit de l'indépendance, une coopération et des accords politiques maintenaient en fonction la base de Mers-el-Kébir. Quelques éléments des Travaux Maritimes y avaient été mutés et quelques candidatures y étaient acceptées. Elle fit de nouveau appel à ses relations pour introduire celle de son gendre.

Après les adieux à Marseille, les étreintes de Marianne, Gina et Jacques arrivèrent chez Fanny pour y attendre ce nouveau poste proposé en Algérie. Ils étaient libérés du poids de cet abandon vis à vis de leurs enfants. Ils les chouchoutaient à nouveau, ne se lassaient pas de les regarder, et espéraient fortement en une nouvelle vie de famille. Le poste de Jacques ne serait disponible qu'au printemps. Il leur fallait donc s'accommoder encore de la tutelle de Fanny, surtout, qui menait tout son petit monde à la baguette. Elle s'était pourtant bien assagie, leur laissait désormais, plus d'indépendance et d'initiative.

Gina profitait de l'amitié de Suzanne pour enfin en savoir un peu plus sur le secret de sa naissance. À Marseille, elle avait bien, moult fois, questionné Marianne, jusqu'au tourment, mais elle changeait son récit à chaque visite de Gina. Sa santé fragile, sa mémoire incertaine voilaient les souvenirs de son enfance chaotique, bousculée, volée. Et elle ne savait toujours pas où Cécile avait pu partir, ni même si elle était toujours vivante puisque plus personne n'avait eu de ses nouvelles. Suzanne, qui était plus jeune que Fanny, n'avait entendu que des rumeurs, plus invraisemblables les unes que les autres, et se contentait de persuader Gina d'être bien la fille de Fanny. Elle se souvenait d'une visite chez le médecin, où elle l'avait accompagnée, qui avait décrété Fanny comme une femme ayant été porteuse. Fanny n'avait ni acquiescé, ni même répliqué, en rougissant devant Suzanne. Et d'autre part, disait-elle, Benjamin ressemble beaucoup trop à Fanny pour ne pas être son petit-fils. Pour la rassurer définitivement, elle rajoutait que Gina avait des traits communs avec Antoine, vu sur une photo. Gina restait dubitative.

TROISIEME PARTIE

1

En dépit des revers subis jusqu'alors, Gina ne se posait même plus de question. Elle n'était pas dans le fatalisme, mais comme les africains, elle donnait rendez-vous à son destin sans le connaître, courageuse et confiante, mue par une attirance inconnue. Sa relation avec Fanny pendant ces quelques mois qui les avaient, cependant, réconfortées, ne laissait aucune trace ni d'une meilleure compréhension, ni d'une plus grande affection. Le temps n'y changeait rien.
Ils survolaient la grande ville d'Oran, bétonnée et verticale. Gina songea seulement qu'elle y trouverait plus facilement du travail.

Ils arrivaient les poches presque vides, mais rassurés d'avoir un appartement de fonction. Un homme de l'arsenal les attendait pour les guider, leur montrer leur habitation et pour savoir si un déménagement était prévu puisque l'appartement était vide. Non, aucun meuble ne suivait, en dehors des deux malles. Alors, leur fut accordé deux ou trois jours d'hôtel, le temps de se fournir pour l'essentiel. Jacques partait et rentrait le soir par le bus de ramassage affecté à la base. C'était le fils de madame Happone, cette ancienne relation de Fanny, qui, haut fonctionnaire à présent, avait soutenu la candidature de Jacques, et qui, habitant aussi cette cité moderne dans laquelle ils allaient vivre, put aider Gina à récupérer quelques meubles. Dès que ces éléments de survie, très sommaires, furent acquis, elle s'empressa de trouver un emploi dans la première clinique privée qui se présentait, par chance, tout en bas de la très longue avenue menant au centre-ville. Sans diplôme, elle n'avait pour référence que ce travail d'aide-soignante exercé à Marseille.

Fanny accompagna les enfants, trois mois plus tard. Elle comprit à quel point sa fille se démenait pour mener à bien la reconstruction de sa vie dans ce monde hostile où la modernité ne laissait aucune place à la compassion. Cette fois, elles se quittèrent en pleurs, résignées sur leur sort. Gina reprit son courage comme un vêtement qu'elle enfilait chaque matin. Elle s'investissait dans son emploi pour être certaine de le garder et rentrait épuisée devant un mari qui, à nouveau, se suicidait tous les jours un peu plus avec son irrémédiable addiction. Les enfants s'élevaient tout seuls, du moins, le croyait-elle, et c'était bien ainsi.

L'Algérie indépendante tournait le dos à la guerre sanglante qui l'avait à jamais meurtrie. À Oran, un bon nombre d'européens, répartis dans différents quartiers, s'accrochaient à ce qui leur restait. Comme Fanny et François, ils refusaient d'admettre un nouveau départ, un nouveau continent. C'était les plus modestes ou ceux dont les affaires s'accommodaient des nouvelles donnes. Cinq ou six générations les lestaient sur cette terre. Les écoles, les lycées, comme d'autres institutions étaient toujours présentes. Et même si les quartiers se vidaient au fil du temps, les derniers habitants finissaient par se regrouper au centre de la ville. La récente coopération avec la France, avait pu caser les nouveaux arrivants dans les cités modernes en périphérie de la ville, désertées par leurs résidents. Gina, Jacques et leurs enfants se retrouvaient ainsi isolés, excentrés, avec seulement une poignée de coopérants, loin de tout commerce ou distraction.

De cette haute falaise désertique où l'homme avait érigé des tours de béton, on pouvait presque toucher à ce ciel, d'un bleu laiteux, dans le silence de l'été. Une pente caillouteuse laissait derrière elle la cité pour reprendre la grande avenue, qui menait au cœur de la vie de cette métropole poussiéreuse, a priori sans âme. Cachée de la mer par un mur d'immeubles appelé à juste titre front de mer, elle n'en recevait que l'air iodé et poisseux les jours de vent d'est. En revanche, elle était souvent balayée par le vent chaud du désert, qui déposait ses fines particules de sable ocre sur la moindre verdure et la momifiait sous sa poussière citadine. L'été, la ville, asphyxiée par la chaleur, allait respirer au-delà de ce front de mer portuaire, sur les magnifiques plages de son littoral tortueux. Les gens les moins aisés ou les indispensables travailleurs, restés dans son enceinte, attendaient le soir pour la sortir de sa torpeur sur ces incontournables boulevards, à peine rafraîchis par l'humidité. À l'automne enfin, sous les averses diluviennes, elle redevenait propre et brillait par endroits, des couleurs rousses de la saison. L'hiver, les couloirs d'air glacés de ses rues perpendiculaires à la mer, la rigidifiait jusqu'au printemps, période pendant laquelle, comme un mirage, elle renaissait belle et pimpante, sous un soleil tout neuf, ses avenues chargées de brassées de fleurs des champs.

Gina ne voyait plus passer ces quatre saisons, ni grandir ses enfants. Elle ne saisissait plus les nuances du temps, trop occupée et sollicitée par ses charges familiales. Dans cette clinique privée, elle occupait un poste qui dépassait ses fonctions d'aide-soignante. On avait su trouver en elle ses qualités de travailleuse, son endurance, sa générosité et sa bonté. Elle faisait des gardes de nuit. Elle aidait dans les accouchements, elle assistait les miséreux, les dépressifs, les malchanceux et les mourants. Mais elle s'oubliait. Bien sûr, son salaire était à peine plus conséquent, et lui assurait un meilleur confort matériel, qu'elle anticipait, afin d'offrir à ses enfants ce que la société exigeait tous les jours un peu plus. Et elle était persuadée de ses forces, même si parfois, elle en présumait de trop. Peut-être avait-elle raison de s'acharner, en regardant Jacques, en dessous de toute conjoncture. Elle craignait, à l'avance, que son poste ne lui échappe. Pour l'heure, il stagnait et de ce fait, pour de fausses raisons diplomatiques, on lui retira l'appartement de fonction, presque deux ans après sa nomination.

Gina n'en fut pas trop mécontente. Il était temps de quitter cet isolement, d'autant que la population alentour s'en allait progressivement ailleurs ou le plus souvent en France. Elle eut l'opportunité de trouver un appartement en plein centre-ville, dans une rue parallèle à l'une des plus fréquentées. Ils se retrouvèrent au quatrième étage d'un immeuble discret avec une vue imprenable sur le fort de Santa Cruz du mont Murdjadjo.

Tout évoluait à un rythme que Gina avait du mal à suivre. Chaque année, au mois de juillet, la ville se séparait à jamais de ces français forcés de quitter la luminosité abrupte de cette terre à l'accent singulier, à la nature grandiose, à la palette généreuse en nuances fauves, pendant que, ce même mois, François et Fanny la traversaient, depuis la Tunisie, pour emmener les enfants en vacances.

Cette initiative venait de Fanny qui, d'une part, se sentait le devoir de soulager sa fille, et d'autre part, celui d'occuper le nouveau couple qu'elle formait avec François depuis leur mariage. Deux années plus tôt, lorsqu'ils s'étaient retrouvés sans les enfants, Fanny avait remarqué dans l'attitude de

François, des changements qu'elle avait occultés en leur présence. François, comme beaucoup d'hommes fougueux à l'âge où, par peur de perdre leur pouvoir de jeunesse, se mettent à regarder le moindre jupon froufroutant, s'était entiché du premier venu, le plus proche et le moins compliqué.

Aussi Fanny, sans rien dire, avait décidé de l'épouser. Ils se marièrent très vite le 3 octobre 1963, en présence de Suzanne et de Mariette.

La tristesse du regard de Fanny, ce jour-là, rejoignait le passé lointain de l'abandon. Elle savait qu'il lui faudrait se battre à nouveau avec la complexité obscure de l'âme humaine, face à ce jupon, cette ancienne amie, qui alla jusqu'à s'immiscer sournoisement dans leur voyage de noces en France. Pendant près d'un mois, ils réussirent à se divertir dans la ville de Toulon en revoyant leurs vieilles relations.

Mais après une analyse réaliste de la situation, Fanny comprit qu'elle gagnerait sur l'adversaire, neurasthénique, peu encline à la joie de vivre. Fanny possédait trop d'entrain et de caractère pour se laisser déposséder de sa vie par une femme peu attirante, ni belle, ni laide, au visage cireux d'ennui. L'affaire était close, mais François devrait désormais s'impliquer de plus en plus dans leur couple. De toute façon, elle connaissait son manque d'état d'âme et de compassion pour satisfaire sa matérialité. Le couple s'assurait dans son confort festif et convivial.

Ils partaient enfin visiter la Tunisie. La mort subite de Louis, lors d'un accident de voiture, les avait aussi convaincus, devant le chagrin de Suzanne, de profiter un peu plus de la vie. Bizerte, vidée de la garnison, avait perdu la plupart de ses commerces, notamment les librairies et les magasins de mode. Les Djerbiens s'étaient donc empressés de les racheter, d'autant que le tourisme redevenait prometteur. Le folklore local s'installait progressivement avec son lot d'attractions. La petite place ombragée, près du marché, s'animait désormais, au côté des fleuristes vendeurs d'œillets et de jasmin, du personnage haut en couleurs, marchand de chapeaux, qui dansait avec son monticule de paille en criant : « li chapos, li chapos m'ssieurs dames ! »

Ils faisaient de grands pique-niques avec des amis qui s'étaient rapprochés de la ville et chaque été, se dépensaient en compagnie des enfants. Ils partaient sur la route, ramenaient les enfants, ou les enfants venaient à eux, comme un déferlement, bousculant leurs habitudes autant que leurs certitudes. Benjamin arrivait même avec ses copains. Fanny était tellement connue et appréciée par tous les tunisiens de Bizerte et de ses alentours, que le moindre incident lui parvenait. Au point qu'un jour, alors qu'un agent de police, par trop de zèle, usait de son autorité en convoquant Benjamin au commissariat principal, se retrouva confronté au fait que Benjamin était bien le petit-fils de madame Fanette et de facto, obligé avec sympathie, de lui souhaiter de bonnes vacances ! Fanny cuisinait toute la matinée et François pêchait avec encore plus de plaisir. Ils étaient si heureux de les voir revenir à midi, ivres de bains de mer, les cheveux mouillés, le corps bronzé, zébré de sel, que leurs yeux pétillants révélaient la lumière nostalgique de leur jeunesse.

Cette conjoncture profitait à Gina, au bord de l'épuisement. Elle avait dû abandonner le quatrième étage pour atterrir au premier, faute d'ascenseur, trop souvent en panne, par manque d'entretien. Il lui était impossible de porter les courses après une journée faite de ménage et de cuisine dès le matin, après une journée pendant laquelle on la vampirisait de toute son énergie. Elle regrettait de ne plus admirer la vierge de Santa Cruz, le soir, dans le crépuscule mauve des saisons, ou sa beauté dorée par le soleil des petits matins frais. Elle n'avait plus cette tranquillité secrète des nuits sans sommeil, à fixer dans sa solitude, l'incandescence de sa cigarette, à ressasser le bilan de sa vie, à rattraper les sempiternelles questions dans le dernier tiroir de sa mémoire : qui est mon père ? Qui est ma mère ? Mais elle se sentait bien dans ce nouvel appartement, et puis quelle importance se disait-elle si on ne peut en profiter. Elle se prélassait, dès qu'elle le pouvait, à se rougir la peau, dans sa nouvelle baignoire, inexistante au quatrième. Ses enfants s'émancipaient, elle les laissait se frotter aux épines du destin, Marie-Jeanne restait mystérieuse, Benjamin se complaisait sur les écorchures avec son courage de bonhomme affranchi.

D'ailleurs, elle avait eu très peur le jour du coup d'état du 19 juin 1965, lorsque bravant les soldats, mitrailleuses au poing, il était venu la chercher à son nouveau poste. Elle avait en effet, appris, grâce à l'avertissement de la sage-femme, suffisamment tôt, la fermeture de la clinique, et avait opté pour un emploi d'accueil, caissière-aide-comptable dans un garage au bout de l'avenue parallèle à leur rue, en centre-ville. Elle avait quitté l'humain pour la froideur des chiffres qui ne pardonnait pas les erreurs, et elle avait du mal à s'en accommoder. Restait l'accueil des clients avec leurs politesses et leurs épanchements pas toujours propices à l'exactitude des comptes. De surcroît, elle reconnaissait que son manque d'aptitudes pour la comptabilité, la dispersait et l'amenait, par devoir, à perdre beaucoup de temps et forcément à rallonger ses heures de bureau. Elle se demandait alors, bien qu'assise toute la journée, si ce n'était pas plus épuisant qu'à la clinique.

Non, ce qui la préoccupait le plus à présent était l'état de santé de Jacques. Il faisait des crises d'épilepsie qu'elle savait maîtriser mais le plus inquiétant était ses absences du soir. Il ne rentrait pas à la maison, trop ivre ou malheureux. Alors, elle devait partir à sa recherche guidée par son instinct ou la gentillesse de quelque individu. Lui, retombait dans sa négation, avec pour excuse un métier qu'il détestait, un dégoût de sa personne pour son incapacité à gérer les situations, mais ses regrets n'avaient plus aucune résonance dans le cœur de sa femme. Par évidence, les avertissements de ses supérieurs arrivaient régulièrement. Le cercle vicieux prit fin, le jour où une crise terrible le cloua sur le sol de l'arsenal. La base de Mers-el-kébir pourvue d'un hôpital l'obligea à se faire soigner et même à être désintoxiqué. Au fond de ces couloirs nucléaires, la prise en charge fut longue mais définitivement réussie, aidée de sa femme et sa fille qui le suppliaient de s'en remettre aux médecins.

Puis il rentra à la maison, licencié, déboussolé, mais guéri. Privé d'alcool, il redevint un homme conscient. Il buvait à longueur de journée des boissons gazeuses et du café, se levait juste après Gina pour faire sa toilette, et s'asseyait à son bureau pour lire et écrire à des sociétés réelles ou fictives, persuadé de retrouver un emploi à sa mesure. Maladroit, il tentait d'aider Gina en lavant une salade, en essuyant la vaisselle. Il attendait le retour de ses enfants et de sa femme, comme un aîné, pour s'estimer utile, reprendre sa place de père tendre et attentionné. Et la vie redevint routinière avec toujours le même chef de famille qui gérait toute la maisonnée, Gina, cette femme qu'il adorait et admirait, trop lasse pour croire encore à une initiative fiable de son mari.

2

Mais qui n'admirait pas cette femme, toujours souriante, élégante dans sa modestie, fière de sa famille au milieu de cette petite bourgeoisie affairée et condescendante ? Jalousée pour son courage, sa ténacité, à vouloir toujours plus et mieux pour ses enfants, critiquée parce qu'elle savait rester digne face aux ragots. Bien sûr, on lui prêtait des amourettes dont elle tirait quelques aides mais elle ne s'était jamais permis de dérive et restait appréciée par ceux qui avaient la même intelligence de cœur. Celle qui avait tant manqué de marques d'amour, recherchait seulement la tendresse et l'estime de l'espèce humaine pour continuer à tenir la route.

Cette espèce humaine, forte de certitudes se remettait en cause, soudainement, lorsque la ville était secouée par ses tremblements de terre, imprévisibles bien sûr, et soudains, au point de rappeler à tous, la fragilité de l'existence. Et une nuit, une magnitude plus importante que la précédente, mit toute la population dans la terreur. Ces secousses toujours nocturnes, jetèrent dans la rue les habitants en pyjama, accompagnés certains de leur matelas pour derniers réflexes. Gina dut même rattraper Marie-Jeanne, qui, telle une somnambule, avec son instinct animal, était déjà dans l'escalier avant tout le monde. Cette nuit fut longue d'inquiétude. Et même si aucun dégât important ne fut signalé, les tours les plus hautes eurent le vertige.

Emportée par le tourbillon de ses multiples occupations, Gina s'oubliait, ne réalisait pas à quel point ses enfants avaient évolué dans cette société dépassée par les événements trop rapides. La politique de l'Algérie avait amené des restrictions pour son peuple et pour les européens qui y vivaient encore. La liberté était limitée, la situation matérielle de ses habitants aussi. La pauvreté revenait avec son lot de précarité, de mécontentement. Les échanges économiques avec les pays de l'est l'isolait un peu plus et l'obligeait à une autarcie inadaptée à un pays en plein développement. La conséquence immédiate en était la fuite des capitaux, le déclin des affaires et le départ massif des derniers Français. Restaient encore les faibles piliers de la culture, de la santé et de l'éducation pour une coopération vacillante.

Le monde changeait aussi avec de nouvelles technologies, des mœurs plus libertaires. La prise de conscience des peuples venait de cette révolution intellectuelle qui comptait bien en finir avec certains privilèges sociaux, l'étroitesse des idées, pour accéder à une liberté plus grande, une accessibilité au confort permettant à tous une meilleure vie dans cette modernité acquise sur le matériel.

Nous étions en 1968, la France, aidée de la culture outre-Atlantique, menait avec éclats et fracas une révolte bien française. Elle arrivait par bribes, avec recul et analyse, sur la jeunesse « pieds noirs », autant que sur la jeunesse algérienne très européanisée des villes, encore fraternelle, et s'avérait être le dernier rempart contre la haine, la bêtise et les préjugés.

Le printemps fut précoce avec ses senteurs des champs en

grosses brassées chez les fleuristes. Les anémones, les iris, les jonquilles envahissaient les étals de leurs couleurs fondues comme les giclées d'une palette de peintre. En ce début mars, les manteaux avaient déjà rejoint la naphtaline dans les penderies.

Jacques, lui, ne se sentait pas bien. Sa gorge lui faisait mal. Non, il n'avait pas pris froid, mais une grosseur sur le côté du cou, suspecte, grossissait. Gina l'obligea en le traînant chez un médecin. Le radiologue demanda à parler à Gina sans sa présence. Son sourire, en sortant du cabinet, rassura Jacques, et il eut même une petite pointe au cœur en pensant qu'une fois de plus Gina avait dû le charmer. Mais elle lui expliqua tranquillement qu'aucun médecin, ici, n'était en mesure de se risquer à enlever cette chose-là, aussi lui avait-il conseillé d'aller à Marseille se faire soigner. Jacques bouda, le temps à Gina d'organiser le voyage et les papiers. Elle promit de rester avec lui une semaine. Elle ne pouvait s'absenter davantage à cause de son travail.

Dès lors, commença cette subtile espérance de survie à laquelle chaque cancéreux s'accroche désespérément occultant l'autre possibilité, le fait que nous sommes tous des morts en sursis. Jacques se laissait triturer, devenir l'ombre de son corps sans se plaindre. Il souffrait de sa solitude mais ses blessures physiques, heureusement, s'en trouvaient anesthésiées. Il écoutait sa famille revenue auprès de lui pour le pire, comme un enfant qui croit encore à la tendresse de la personne qui le bat. Il écrivait à ses enfants, attendait la venue de sa fille pour l'été tout proche. Son « Tout », comme il nommait sa femme dans ses lettres, se débattait, comme d'habitude, pour rendre possible et acceptable cette nouvelle donne. Gina était soulagée de pouvoir envoyer sa fille auprès de lui, pour ce mois d'août pendant lequel les quelques amis ou famille qui leur restaient, avaient par ailleurs leurs obligations de vacances. Elle, n'en avait pas. A vingt ans, Marie-Jeanne était une jeune femme de caractère, mais bien que très sensible, elle accusa toutes les situations. Elle aimait son père et se montra inébranlable face aux médecins comme à la faiblesse de son père qui ne rêvait que de son retour en Algérie.

Et, ce fut un déchirement pour eux de se séparer pour cette maison de repos, dernier possible de cette vie, dans ce regard d'adieu qu'ils échangèrent comme une vérité que l'on envoie au visage de l'autre. Elle rentra aussitôt. Quatre jours après, Jacques partait derrière le miroir sans qu'ils aient pu ni les uns ni les autres se parler une dernière fois. Ce fut un choc pour Marie-Jeanne. Gina et Benjamin partirent pour son enterrement. Une fois rentrée, Gina eut la surprise un soir, après avoir fumé sa cigarette, après avoir fait le tour de ses pensées mélancoliques, allongée dans le noir, d'apercevoir le corps éthérique de Jacques se pencher sur elle pour un dernier baiser. Pas vraiment étonnée, elle le vit s'éloigner en pensant qu'il était toujours aussi têtu pour avoir eu encore cette force, avant celle d'aller vers l'autre vie, au bout du tunnel. Désemparée, elle s'endormit sur des larmes silencieuses et résignées. Rien ne fut plus comme avant. Il y avait les silences de l'absent. Cette vague inquiétude quotidienne devenait un manque.

Les enfants continuaient leurs études avec sérieux. Curieusement, le temps s'accélérait. Neuf mois plus tard, Marie-Jeanne quitta définitivement la maison pour d'hypothétiques projets d'université ou de mariage. Gina crut accoucher une seconde fois en regardant sa fille prendre l'avion pour la France. Au final, Marie-Jeanne se maria assez vite, sans effervescence. Elles s'écrivaient de façon laconique, sporadique, ce qui laissait supposer à Gina qu'elle n'était pas heureuse.

Gina se consacrait, désormais à son fils, recevait tous ses copains, lesquels finissaient par l'appeler maman tant elle était attentive à leurs problèmes de jeunes adultes. C'était pour elle, une façon de se renouveler, de s'immerger dans cette jeunesse dont elle n'avait pas profité, grandie trop vite pour échapper à l'obéissance despotique de sa mère, et paradoxalement, à la femme-enfant qu'elle avait été.

Un nouvel emploi s'offrit à elle comme pour tourner une autre page, l'encourager à se reconstruire. Elle n'y était pas préparée mais il lui ouvrait d'autres perspectives. Aide-bibliothécaire sous l'égide de la coopération culturelle, sa fonction l'obligea très vite à s'informer, à lire, à côtoyer des personnes d'un autre niveau intellectuel et à faire d'elle une autre femme. Sa ténacité à se mettre à égalité avec des gens, imbus de leur position sociale, l'aida à se fondre totalement dans ce microcosme oublié et quelque peu décadent qui s'accrochait encore à ce pays. Sans doute avait-il raison de le faire avant que la France ne tourne définitivement le dos à cette partie de son histoire. Le cercle s'amenuisait, tout s'effritait, mais la fête intérieure se poursuivait pour échapper au pire, la rupture irréversible, celle de s'arracher à cette terre.

Benjamin, à son tour, partit rejoindre le continent si prometteur. Gina apprenait un peu plus l'indépendance, avec son bagage de liberté et de solitude. Mais n'était-elle pas déjà la solitude ? Elle apprivoisait l'espace-temps face à elle-même, face au miroir, sans contrainte, ni horaire. Elle venait de passer la cinquantaine, toujours aussi jolie, mince et coquette. Les quelques rides, nouvelles ou plus profondes, ne la préoccupaient guère. Son charme, elle le voyait toujours dans l'attitude des hommes qui s'attardaient sur ses yeux verts, inquisiteurs, pétillants, sur ses cheveux courts aux reflets auburn ou sur sa façon de se mouvoir, naturellement provocatrice. Elle s'en fichait. Elle n'aimait plus. Elle s'émouvait seulement sur la tendresse ou l'attention qu'on lui portait, cette quête inassouvie. Et bien que déboussolée, au début, elle se laissa inviter par le cercle de ses collègues, par cette bande de bons vivants qui défiaient encore le sursis.

Ils partaient en pique-nique, ils recevaient, ils dansaient, sans que personne eût pu dire quand la fête s'arrêterait. Gina se prêtait à tous ces jeux comme une gamine, sans retenue. Elle se plaisait enfin, ne se reniait plus. Et telle une danseuse après son spectacle, elle retrouvait l'appartement où seule la présence discrète de Mimi, la chatte que Benjamin avait sauvée du martyr des enfants de la rue, lui donnait encore un peu de chaleur. Son chien, si fidèle, s'était éteint doucement, lui qui pouvait la retrouver où qu'elle fut dans la ville.

Elle s'était aussi séparée de Kedidja, l'employée de maison qui avait remplacé Ramona, cette étrange créature, d'origine soudanaise, échappée du « village nègre », bidonville en périphérie de la ville, lieu incertain où s'entassaient tous ces oubliés du monde rural ou saharien, miséreux en quête de fortune citadine, empreints de sorcelleries. Ramona, surnom donné gentiment par Jacques, en hommage à sa peau d'ébène mat, à son corps souple comme un serpent, encore mince et cambré sur un long cou surmonté d'une face ingrate, au nez camus, et aux gros yeux inexpressifs. Elle nettoyait l'appartement en inondant le sol, été, hiver, pieds nus, comme elle aurait fait dans un patio, en soliloquant pour se tenir compagnie. Elle disparut un jour sans que l'on sache pourquoi et seule la concierge de l'immeuble aurait entendu dire qu'elle était devenue folle.

Gina se sentait dépossédée, le soir, un peu irréelle, revisitait chaque pièce, errait encore, la cigarette à la bouche, lisait encore un peu avant de s'endormir.

Comme tous les parents de cette communauté, elle partait annuellement voir ses enfants, confrontés, désormais, à leur vie d'adultes encore hésitante, en expérimentation dans leur travail ou leurs amours. Elle les suivait de loin et c'était mieux ainsi, pour elle, comme pour eux. Elle économisait pour les aider ou les gâter lors de ses visites ou encore les rejoignait-elle chez Fanny, sûre de les trouver en pleine forme dans ce pays qui les comblait de tous ses bienfaits. D'autant qu'il servait alors, à la fois de lien et de distance entre mère et fille. La bonne distance pour que cet amour entre elles sauve encore les apparences et ne se délite sur le mensonge hargneux, ou le déni haineux.

Soudain, tout bascula. L'attentat eut lieu au consulat de France, dernier symbole de la résistance de ce milieu festif, occultant la déchirure. Quelques signes d'agressivité s'étaient manifestés dans la rue envers les Français et particulièrement les femmes, au nom de l'Islam, mais le plus souvent à Alger. Oran était atteinte, désormais, et défiait encore cette montée inévitable de l'intégrisme islamique, scindé lui-même en courants parallèles qui faisait fuir les grandes familles modernes de l'Algérie. La vieille formule "diviser pour mieux régner", faisait à nouveau ses preuves et plaquait le pays. Les complots, les dénonciations avec ses bouffées de haine assassine engendraient la confusion, le retour à l'ignorance, freinaient ce peuple en plein élan de liberté.

Les enfants de Gina furent pris de panique et décidèrent de rapatrier leur mère. Devant cette décision dont les arguments s'avéraient irréfutables, Gina se sentit contrainte d'obéir, avec pour seul objectif, celui de retrouver ses enfants. La punition était lourde, sa ligne de vie à nouveau coupée, son indépendance remise en cause.

Elle dut brader la plupart de ses quelques meubles, son confort ménager si durement acquis, se séparer de certaines reliques, comme ce luminaire juif aux sept pis de verres colorés, tel le dernier fanion de ces multiples minorités chassées par la vague musulmane. La séparation commençait par ce tri impitoyable. Elle parvint quand même à constituer une imposante malle de tableaux et souvenirs, et deux grosses valises de linge, qui suivraient dans l'avion. Elle réussit à camoufler la chatte Mimi dans un sac pour lui éviter la soute qu'elle n'aurait pas pu supporter.

Elle s'interdit le chagrin de ce nouveau départ qu'elle savait définitif, elle ignora volontairement la splendeur du survol de la ville, éclatante sous le soleil, et celui des flots indigo de ses plages.

3

Elle comprit subitement en amorçant la descente sur Paris, sombre et triste, que c'était sa propre vie qui prenait le grand virage sur l'autre monde. Ses jambes flageolèrent en marchant vers son fils, souriant. Il fallait absolument qu'elle se débarrassât de cette frayeur qui succédait à sa tristesse. Ils furent très vite emportés par la précipitation permanente de la foule des grands aéroports.

Son fils lui avait loué un petit appartement très coquet, en bonne partie meublé avec goût, au confort certain, dans un immeuble d'apparence luxueuse, en périphérie immédiate. Il lui en vantait tous les avantages devant une très large baie vitrée avec balcon pour tenter d'effacer la panique dissimulée au fond de ses yeux et dont il devinait la raison. Mais il n'avait déjà plus le temps de s'appesantir sur la nostalgie naissante de Gina. Quitter sa terre, son univers, quitter l'Afrique, ses puissantes effluves épicées, le crissement des palmes sous le vent du désert, ses couleurs fauves, ses caresses marines, était un sentiment intolérable, vif, une plaie grandissante pour sa cinquantaine entamée. Tandis que Benjamin courait après sa vie nouvelle, affublé de cet affairisme parisien, avec sa nouvelle compagne.

Plus d'aubes, ni de crépuscules sur lesquels s'attarder, une espèce de marathon quotidien, commencé dans ces jours à peine visibles, terminé sur des soirs assombris, pour retrouver un peu de calme devant un repas maigre, avec un écran pour compagnie, malgré le doux pelage de Mimi. Le week-end, après un peu de ménage dans ce rectangle de vie, son fils arrivait en courant pour repartir aussi vite. Gina ne savait plus très bien où elle se trouvait.

Paris, c'était donc ça ?

Entrevu une soirée ou deux, illuminé, festif, pour aller au restaurant dans la cohue de la circulation, moment où son fils perdait sa belle humeur. Paris enfermé dans une vue restreinte sur des bâtiments, visages d'humains hermétiques, froidure du temps. Paris limité à cette entreprise familiale dans laquelle son emploi, mal défini, l'obligeait à passer du livre comptable à la table à plisser, puis à la table à repasser, sans ambages, ni compassion. Et même si son caractère souple s'y pliait, elle savait très bien que l'exploitation était facile à ce stade.

Une femme lui avait souri dans l'ascenseur, une solitude avait rencontré son miroir, et elles étaient vite devenues amies. Marthe habitait au second. Les va-et vient se faisaient le plus souvent le soir. Marthe faisait partie de ces femmes qui passent leur temps à attendre que leur amant veuille bien quitter leur femme et trouve le moyen de mentir pour rejoindre leur maîtresse. Leur amitié rendait la vie plus douce.

Gina était heureuse, par ailleurs, de savoir que sa fille avait rencontré l'homme de sa vie, après son divorce, et qu'ils s'étaient installés sur la côte catalane. Puis ils vinrent la voir. Gina comprît qu'elle avait trouvé le gendre idéal. Ils l'invitèrent à venir prendre un peu de ce soleil qui lui manquait tant.

Et soudain, comme par enchantement, ils décidèrent tous, les uns les autres, de se retrouver en vacances, au mois d'août, chez Fanny et François. Ce fut un été inoubliable, comme un retour à ce temps heureux où rien n'avait prise sur les éclaboussures du bonheur trop souvent impalpables. Bien des choses avaient changé, certes, ils se retrouvaient sans amis, au fil du temps et sans famille. Mariette s'était rapprochée de ses nièces en rejoignant définitivement la France, Suzanne faisait des allers-retours mais tenait à rester là. La Tunisie se transformait avec des touristes de plus en plus nombreux, surtout dans le Sud. Le Nord s'était doté de nouvelles infrastructures de beaux hôtels très européanisés, mais il était boudé, pas vraiment publicité par le gouvernement, et Bizerte en particulier, avait cette image dérangeante du passé colonisateur. Mais ce regain de vitalité donnait à la ville une allure joyeuse, moins misérable.

D'ailleurs, Ched, le yaouled, qui ramenait les courses, était devenu un homme normal, plus ou moins bien habillé, certes, mais il n'était plus ce miséreux depuis que Fanny l'avait tiré de l'enfer de la mendicité et de la malnutrition. Trois ou quatre ans en arrière, elle avait accepté, un jour, à force de suppliques qui se lisaient dans ses yeux déjà ravagés par un trachome persistant, de lui faire porter ses couffins. Elle l'avait questionné longuement en arabe pour le sortir de son mutisme, l'avait nourri, l'avait habillé et avait même exigé, de son médecin traitant, qu'il le soigne en lui rappelant le code de déontologie ! C'était bien là le caractère de Fanny ! Et Ched, adolescent chétif, se retrouvait citoyen travailleur et même en âge de se marier ! Il faisait partie de leur univers, à rendre service, au même titre que Yasmina qui venait très tôt le matin, prenait longuement le thé avec Fanny, histoire de palabrer sur les uns les autres, et la secondait dans un ménage rituel.

Et l'été était là, immuable, avec ce ciel bleu délavé, ce

souffle chaud sur les maisons blanches aux persiennes peintes de cet indigo, nuancé de violet, si subtil à ce pays. Fanny était aux anges, même si, comme d'habitude, elle se contentait de cuisiner afin de régaler chaque palais, même si elle attendait avec impatience, comme François d'ailleurs, leur retour de la plage afin de constater avec ravissement la couleur de leur peau qui, du grain fade, passait progressivement à la couleur caramel, zébrée de sel. Tout en bavardant plus que de raison, elle scrutait, de ses grands yeux gris-vert, l'état de leur contentement et de leur plaisir afin d'en retenir l'éclat de jeunesse, qui se reflétait ensuite dans son regard pétillant de satisfaction. Puis ils se séparèrent, imprégnés de ces moments délicieux sans penser aux lendemains moins réjouissants.

De grisailles en soleils, Gina apprit, un jour, qu'elle était licenciée. Bien que surprise, elle envisagea aussitôt sa mutation vers le sud, près de sa fille, et de la mer. La naissance de son petit-fils gommerait pour un temps ses incertitudes et son mal-être. C'est dans cet esprit-là, qu'elle s'installa au plus près de sa fille, qui, en l'absence fréquente de son compagnon, lié par des contrats réguliers à l'étranger, appréciait la présence de sa mère, depuis son accouchement.

La cinquième génération était là, sur cette terre de France, ponctuait la fin de l'histoire des quatre autres, sans plus de ménagement. Le temps courait. Gina finissait ainsi de se réconcilier avec sa nouvelle vie, tout juste en face de l'autre, sur la rive de ses espoirs.

À la grande stupéfaction de Gina et des enfants, François et Fanny annoncèrent leur rapatriement, las de supporter cet éloignement permanent. Ils suivaient ainsi le mouvement, en cette fin de siècle, de l'émigration qui, cette fois, s'accomplissait dans l'autre sens, de l'Afrique à l'Europe, mixant à nouveau les populations. Personne ne savait si le brassage restant, qui se prolongeait tant bien que mal dans les départements et territoires d'Outre-mer, pourtant plus éloignés, continuerait à perpétrer ce métissage culturel au-delà des années 2000.

4

Il fallut tout prévoir. L'opportunité accompagne parfois l'imprévu, et bien que le hasard n'existe pas, un petit appartement se libérait dans le même bloc d'immeubles où elles habitaient l'une et l'autre. Ainsi, chaque immeuble abriterait une génération différente ! L'appartement qui les attendait, était doté d'une terrasse, au deuxième étage, et était en partie meublé. Tandis que l'automne s'annonçait par ses couleurs rouille sur ce quartier éloigné du centre du village, Fanny et François arrivèrent. Fanny descendit du taxi en s'appuyant sur une canne qui, d'un geste théâtral, lui servit aussitôt à donner des ordres, d'abord à François, au chauffeur, et puis, bien évidemment, à sa fille. Ainsi, tout se remettait en place, pensa Gina. Mais la joie de se retrouver et de découvrir l'enfant, masqua le fait. Le premier problème qui se présentait était l'étroitesse de l'appartement. Ils passaient d'une habitation de cent quarante mètres carrés à quarante ! Ils occultèrent un temps la promiscuité dans laquelle évoluait leur couple en échange de la proximité familiale qu'ils comptaient bien exploiter. Cependant, la vie en France était différente et la réalité des choses aussi. Ils prirent très vite des habitudes qui leur semblèrent similaires à celles qu'ils avaient en Tunisie. Les matinées passaient rapidement mais les après-midis devenaient trop longs face au souvenir de leurs distractions passées.

Fanny était en quête du passage quelconque d'une âme

amie, depuis sa terrasse ou son balcon, et attendait impatiemment la venue de sa fille ou de sa petite-fille dès que celles-ci n'étaient pas trop occupées par leur vie. Elle reprochait à François d'arriver à se distraire devant la télévision ou à faire des mots croisés pour oublier sa pêche et l'entretien de sa barque. Ils finissaient par se disputer en se reprochant mutuellement la décision de leur installation en France. Ils parlaient même de divorcer, chose qui semblait absurde à leur âge.

Tour à tour, les enfants comprirent leur détresse et s'appliquèrent à les convaincre des avantages nouveaux. Dans un premier temps, Benjamin, lors d'un séjour, obligea gentiment François pour l'achat d'une voiture. Puis il l'entreprit sur l'achat d'une barque semblable à celle qu'il possédait auparavant. Cependant, la mer, dans cet endroit de la côte, était difficilement praticable sous les vents forts et changeants de cette région. Alors il fallut abandonner l'idée et François reprit ses mots croisés. Seule la présence de l'enfant lui redonnait la joie, le rire et la bonne humeur.

Fanny s'appliquait à rendre leur vie plus familiale. Elle s'occupait à réunir le plus souvent possible, surtout le dimanche, tout son petit monde autour de la table. Elle reprenait sournoisement le chantage affectif qu'elle avait toujours pratiqué sur Gina pour tenir à distance son amour maternel, ce sentiment si ambigu qui la tenaillait régulièrement. Gina, bien que tracassée par sa recherche d'emploi, se rendait compte de cette emprise renouvelée et s'en plaignait de plus en plus à sa fille. Ce ricochet provoqué, faisait de leur relation une sorte de défouloir malsain. Marie-Jeanne tentait en vain de débrouiller l'enchevêtrement de cette histoire mais comme Gina, elle se cognait à ce silence, ce mystère non élucidé sur la naissance de sa mère et surtout sur les circonstances de ce drame, ce complot inextricable.

Entre-temps, par intermittence, Gina travaillait à différents emplois dans le village pour ne plus dépendre de l'aide de Fanny. Puis Marie-Jeanne accompagna son mari pour près d'un an et demi dans une mission à l'étranger. Cette nouvelle donne redirigea leurs vies.

Gina retrouva un jour, un vieil ami en balade et décida soudain de vivre en partie avec lui. Elle s'installa dans un nouvel appartement, pas trop éloigné de ses parents, mais suffisamment pour échapper à leur carcan. Elle alla même jusqu'à habiter quelquefois à Marseille avec lui. Elle n'en était absolument pas éprise. C'était juste un compromis entre l'amitié et la solitude. D'ailleurs, elle le quitta très vite lorsque Marie-Jeanne revint en Métropole. Elle eut pour excuse de devoir héberger sa fille qui se retrouvait sans logement. Alors que son mari repartait pour une autre mission sans pouvoir emmener femme et enfant, mère et fille redevinrent complices face à la reine-mère Fanny.

Dans cette situation commune, elles retrouvèrent le même problème, posé sur la table comme un paquet de cartes à redistribuer pour un jeu identique à celui qu'elles avaient laissé deux ans auparavant. Cela devenait bien moins intéressant dès lors qu'elles se cognaient à la même porte fermée. Marie-Jeanne, excédée par ce poids trop lourd qui lui revenait comme un mauvais héritage, décida d'affronter sa grand-mère, du moins celle qu'elle avait toujours connue en tant que telle. Elle en était pourtant effrayée, et Gina plus encore. Elle tourna maladroitement autour du thème pour préparer Fanny, mais elle finit par lui poser la question, abruptement, tandis qu'elle était assise, comme à son habitude, près de la fenêtre, dans sa chambre, loin de François, et de Gina qui feignait de s'occuper de l'enfant.

Toujours maîtresse d'elle-même, sans vaciller ni sourciller, le regard fixe, mais bien trop déterminé, elle répondit par la négative à la pression terrible de sa petite-fille. Indignée, puis dépitée, Marie-Jeanne quitta la chambre en invitant sa mère, d'une voix tremblante, à une promenade avec l'enfant.

La période de froideur qui suivit cet incident fut telle que Gina comme Marie-Jeanne se résignèrent définitivement. Profondément déçue et triste, Gina n'insista plus auprès de sa fille sachant que la porte ne s'entrouvrirait jamais sur le secret, ce qu'elle avait, un instant espéré, par son intermédiaire. Les jours reprirent leur routine, avec ces moments fugaces de bonne humeur et d'humour familial.

Alors que Marie-Jeanne commençait à peine à entrevoir une stabilité avec son mari et son enfant, grâce à l'achat d'une maison, une mission plus longue et des plus agréables leur fut proposée. Ils partirent en confiant leur nouveau gîte à Gina pour lui assurer définitivement un toit, et la responsabiliser du fait. Ils l'éloignaient aussi de Fanny pour un plus grand équilibre, d'autant que la maison se situait dans un département limitrophe. Ainsi, Gina reprenait la liberté qu'elle avait si durement acquise au fil des ans. François et Fanny, privées de l'agitation des enfants, devenaient moroses, s'évertuaient à faire des va-et-vient réguliers pour voir Gina, ou recevoir Benjamin et sa petite famille. Des vacances d'été les réunirent une fois de plus, la première année, mais la famille était à nouveau éclatée.

L'année suivante, la santé de François devint chancelante. Lui qui n'avait presque jamais été malade, souffrait de maux, jusqu'alors inconnus de lui, qui nécessitaient une surveillance régulière du médecin et beaucoup de médication. Il continuait pourtant à conduire, ou à aller à pied dans le village, tandis que ses forces le lâchaient, et inquiétaient Fanny.

Gina était partie pour des vacances enfin bien méritées, loin de la France, chez Marie-Jeanne, et Fanny commençait à s'affoler. Elle avait raison. Animée d'un sombre pressentiment, elle leur téléphona l'urgence de revenir.

François s'en était allé, subitement, sans bruit, avec sa réserve habituelle, de la même manière qu'il était entré dans la vie de Fanny. Il fut enterré en pêcheur passionné, face à la mer de ce côté-ci de la Méditerranée, face au rivage qui l'avait porté.

Dès lors, la vie devint très peu acceptable pour Fanny. Elle, qui avait toujours été vaillante et forte, ne supportait plus la solitude et suppliait sans cesse Gina de venir la voir. Et la tension reprit entre les deux femmes. Gina se sentait prise au piège, partagée entre sa liberté chérie et son devoir de fille. Administrativement, Gina était encore obligée d'être le plus souvent possible auprès d'elle pour régler toutes les formalités du veuvage de Fanny mais aussi pour elle-même en finir avec ses papiers de mise à la retraite.

Cette promiscuité ne les rapprochait pas du tout, les laissait à la limite de cet amour conflictuel toujours présent, menaçant, et sans issue. Un événement inattendu vint renforcer leur mésentente mais aussi les obliger, comme si le destin poursuivait son chemin de fureur entre le bien et le mal.

Alors qu'elles s'étaient absentées plus longtemps que

d'habitude, un jour de printemps, l'appartement fut cambriolé. Elles se trouvèrent sidérées devant l'ampleur du désastre. Fanny resta muette littéralement, et horrifiée. Tout était sens dessus-dessous et tous ses trésors, bijoux et pièces d'or disparus. Elle s'assit, impuissante, comme frappée de nouveau par le passé qui reproduisait les mêmes images. Gina qui n'en avait jamais su la teneur, essayait en vain de secouer sa mère. Mais Fanny revoyait tout : la souillure et le viol de son intimité, de sa vie entière, cette fois encore. Gina avait appelé la police, mais ni la menace ni la pénalisation des intrus ne réconfortaient Fanny. Elle décida de quitter cet appartement.

Gina se trouva dans l'obligation de tout déménager, si possible au plus près des enfants. Et le cours de la vie les servit une fois de plus dans le malheur : le mari de Marie-Jeanne venait, subitement, de tomber gravement malade. Ils étaient donc forcés de se rapatrier et de venir vivre dans leur nouvelle maison.

Gina n'avait plus qu'à s'enquérir d'une location au plus vite. Il fallait gérer au mieux. Elle opta, dans l'urgence, pour une petite maison de village, située non loin, à un kilomètre, avec toutes les commodités de proximité. L'envers du décor était le manque de lumière et de balcon, une maison sombre et mal chauffée de surcroît. Fanny ne savait plus très bien où elle se trouvait, derrière la fenêtre, au-delà de laquelle elle tentait de renouer avec ce qui lui restait d'espérance de vie.

Pendant un an, ils réussirent à s'accommoder de tous les malheurs, à se réconforter les uns les autres dans l'espoir d'une réelle rémission de la maladie, mais tout se distendait dans un autre espace, un temps compté, impitoyable, dans lequel chacun essayait de trouver sa dimension. Hélas, le mari de Marie-Jeanne s'éloignait et Fanny s'avançait doucement dans la folie.

Depuis le décès de son mari, Marie-Jeanne, désespérée elle aussi, et tellement préoccupée par l'avenir des siens, ne réalisait pas à quel point Fanny avait changé. Elle avait encore des réactions normales lorsque l'on s'adressait à elle. Mais son attention était brève, donnait l'impression d'une mise à l'épreuve dans un présent qui n'existait plus pour elle. Elle était au bord de sa mémoire, elle n'entendait plus que les murmures arrivés du fond de son enfance, de sa jeunesse, de son passé désormais en lambeaux, elle restait définitivement blessée. Perdue dans cette contrée indéfinie, elle n'avait plus conscience de son existence.

Gina ne comprenait pas cette nouvelle mère entièrement livrée, qu'il fallait sans cesse surveiller comme une enfant prête à faire des bêtises, à qui l'on ne pouvait confier aucune tâche, pas même celle de s'occuper d'elle-même. Le médecin leur avait conseillé d'attendre encore un peu avant de la faire admettre dans une maison de retraite spécialisée, afin de mieux évaluer la progression de la maladie. Elle fit donc un séjour dans un centre intermédiaire, et là, curieusement, elle s'enjouait à voir les infirmières, et tout le personnel, évoluer autour d'elle, et nommait ou renommait chaque personne en fonction des différentes époques, comme dans une galerie de portraits, fantômes de son passé.

Plus tard, dans l'enfermement de la maison, dite de retraite, dans laquelle les humains ne savaient plus à quelle espèce ils appartenaient, elle continuait de recevoir ses proches que son regard cherchait vaguement à identifier. Elle ne savait plus qui était qui, pas même François lorsqu'on l'évoquait pour essayer en vain de la rattraper dans cette fuite. Elle ne reconnut plus que Gina à qui elle donnait encore des ordres, presque bienveillants, et des cadeaux imaginaires.

L'infirmière lui avait répété, comme pour mieux lui faire entendre et lui en signaler l'importance, que Fanny, les nuits dernières, faisait certainement le même cauchemar et criait, à en réveiller toute la chambrée :
— Antoine ! Antoine ! Laisse-moi passer, tu as trop bu ! Ne me touche pas ! Tu as trop bu ! Non, non Antoine ! Laisse-moi passer !

Sous la lumière blafarde du couloir des urgences, Gina était assise, pantelante, sur un banc, en attendant que sa fille terminât les différents papiers à remplir. Elle avait beaucoup de mal, bien que préparée, à réaliser que sa mère s'en était allée. Elle repensait à François, à eux deux. Ils avaient, un jour, décidé de venir mourir sur les rives inconnues du pays de France.
Secouée sporadiquement par des sanglots, elle sortit de l'hôpital. Dehors, d'une main fébrile, elle alluma une cigarette pour se calmer. Elle en fixait le bout incandescent pour ne pas penser à la silhouette de Fanny, sa douce corpulence de mère, par-dessus son épaule. Du creux de l'estomac à la région du cœur, elle retrouvait la nausée du mal de vivre.

La ville reprenait crescendo sa cadence du matin comme une machine aux rouages bien huilés. Le bitume suintait de rosée sous les pneus et crachotait des relents d'essence frelatée. Le sillage des passants exhalait ce mélange d'odeur de nuit sur l'oreiller, d'eau de toilette fraîche et de café. Telles des ombres pressées, aux regards encore perdus sur les rêves oubliés, des hommes et des femmes s'en allaient travailler.

Gina, derrière la loupe de ses larmes, leva les yeux sur un jour printanier du mois de Mai. Le ciel pâlissait. Une à une, les étoiles s'éteignaient.

Table des matières